恋は和菓子のように

小宮山ゆき

JN232290

幻冬舎ルチル文庫

CONTENTS ✦目次✦

恋は和菓子のように

✦イラスト・花小蒔朔衣

✦カバーデザイン＝久保宏夏(omochi design)
✦ブックデザイン＝まるか工房

恋は和菓子のように

和菓子屋の朝は早い。

仕事は日の出前に始まる。五時台だと、この時期は朝でも外はまだ真っ暗だ。街にも音がない。

秋の作業場は肌寒《はだざむ》く、冷えが足元から襲ってくる。最近朝夕が冷えてきたせいもあって、餅米《もちごめ》を洗うたび水で指が痛いが、この冷たさが味をよくするのも知っている。指には酷な作業を続けながら、富山大賀《とみやまたいが》は前日に水に浸けておいた餅米を少量手に取り、状態を確認後ザルに上げた。餅米をセイロに順番に移して蒸し上げを開始してから、小豆《あずき》を煮る鍋を横目で見る。

小さな作業場には小豆のやわらかな匂いが広がっている。中を丁寧に確認する。よし、色の抜けは控えめ。これなら大丈夫だ。

富山菓子店は、入谷《いりや》の商店街の一角にある和菓子屋だ。小さいが、始まりは祖父の代から。祖父母も両親も亡くなり、今は自分だけで切り盛りしている。

引き戸の幅ほどしかない店に店員はいない。一人ぐらい雇いたかったが、店にそこまでの余裕はなかった。

店の奥にはショーケース。入口近くには長椅子《ながいす》が一つ。和太鼓《わだいこ》のような形の、小さな籐製《とうせい》の椅子が一つ。父の時代は母がそこに座り、おっとりと客と話をしていた。母の思い出の場所は、今は昼間、老人達の憩《いこ》いの場になっている。

狭くても長椅子を撤去しないのは、思い出もあるが、近所の小うるさい爺《じい》さん婆《ばあ》さんに拒まれているからだ。彼らはろくに買いもしないのにやってきては、喋《しゃべ》り倒して帰っていく。元気が有りあまった困った輩《やから》だが、小さい頃からの顔見知りで頭が上がらない。

大賀はふんわりと炊き上がった小豆を火から下ろし、ザルに上げた。水分を切ってから砂糖を煮詰めたものに小豆を加えて、豆を潰さないよう丁寧に木べらで混ぜる。

今は和菓子屋でも店で餡《あん》を作らず、専用の会社から業務用を買うことがあるが、うちはそんなことはしない。全て自家製なのが誇りだ。

今時和菓子屋は流行《はや》らないと、生前父から言われた。店を継いでほしかったくせに、継ぐと言ったら「儲《もう》からないから止めろ」と拒否したぐらいだ。

そんなこと、自分もよくわかっている。

多くの人は工場生産されたスーパーの和菓子を食べて、和菓子とはそんなものだと思ってしまう。もしくは、買うのは有名店に限るとばかりにデパートで購入する。

和菓子の名店は創業が古く、和菓子好きは店の歴史ごと愛する。だから有名店には客が来ても、街の小さな和菓子屋に入る者は少ない。今は客どころか職人でさえ、継ぎ手がおらず年齢が上がる一方だ。

だが、父は諦めなかった。

街の人達から愛される和菓子屋になることを願い、原価が上がっても、品質を落とすことも、商品の値段を上げることも限界まで拒んだ。自分は客にピクリとも笑わなかったのに、客にはおいしいと笑ってくれることを望んだ。

父は亡くなるまでそれを続け、今は自分がそれを引き継いでいる。

餡を作り終えて、大賀は豆大福用の赤えんどう豆を用意した。外が寒くても、火にかけていることで作業場は自然とあたたかくなる。夏場は汗が噴き出す灼熱《しゃくねつ》地獄だが、今の季節はいい。地道な作業を続けている内に餅米も蒸し上がる。つるりと光った米がもうもうと湯気を放ち、ほんわかとした甘い匂いが作業場に広がる。

餅搗機《もちつきき》を稼働させて、餅の出来上がりを待つだけの状態にすると、大賀は下駄《げた》のままいったん外に出た。ひんやりした朝の空気を吸いながら、シャッターが閉じられた小さな商店街を見る。

のんびりとした下町の風情がそこにあった。街は眠っていても、ちょこちょこと見える看板は、今日も元気にそこに息づいている。

和帽子を被《かぶ》ったまま大きく伸びをして、明るくなる空を見上げる。凝《こ》り固まった筋肉を伸ばして、大賀はもうひと踏ん張りしに作業に戻った。

近所の爺婆《じじばば》が動き出す前の、平和な時間。いつもと同じ一日の始まりだった。

◆◆◆

「お、雨、結構降ってきたねぇ」

長椅子に座っていた松婆《まつばあ》が声をかけてきた。作業場にいて姿が見えなくても、松婆は当然のように話しかけてくる。

「聞いてるのかい？　雨が結構降ってきたぁ〜よ〜」

「聞いてる」

なぜか歌のようになっているヤケに大きな独り言に、大賀は道具を洗いながら端的に答えた。

「天気予報って当たるんだねぇ。昔はアテになんなかったのに今じゃ外れなしだよ」

午後から天気が崩れて、少し前から雨が降り出した。雨脚は一気に強くなり、今は店の屋根と道路を叩《たた》いている。最近こういう雨が多くなった。外国のようなスコールだ。

「お前さん。そんなところじゃ濡《ぬ》れるだろ。お入りよ」

カラカラと引き戸の開く音がする。片づけを終えて作業場から出ると、松婆がスーツの男を店に招き入れたところだった。

雨に降られたらしい。鞄を手にした男が、片手で服についた水滴を手で払っている。俯《うつむ》いていた男が顔を上げると、「おやまぁ」と松婆が声を上げた。

「あらあら、見目麗《うるわ》しいねぇ」

大賀は聞きながら「松婆、モウロクしたな」と思った。どんな顔をしていようが、男に向かって麗しいはない。

「ちょいと、タオルちょうだい。タオル」

「はいはい」

久し振りに若い男と話せて嬉《うれ》しいんだろうか。少しばかりはしゃいでいる松婆に「ほら」とタオルを渡すと、男が振り向いた。

「ありがとうございます」

目が合って、大賀は思わず怯《ひる》んだ。

自分よりも頭半分ほど背が低い男の顔は、端整としか言いようがなかった。二十代後半ぐらいだろうか。芸能人かモデルか。どちらにしても見た目が整いすぎて一般人らしくない。目を引く華やかさと、落ち着き。彼の雰囲気は、一言でいうなら高貴だった。品のあるやわらかな佇《たたず》まいのせいか、松婆の言う通り、男前と言うより「綺麗《きれい》」や「美人」と形容した方が合っている。外国の血でも入っているんだろうか。サラサラな髪は色素が薄めで、なんとなく白馬を隣にセッティングしたくなる。

昔クラスメイトに見させられた少女漫画に出てくるような、髭《ひげ》も生えそうにない、男だか女だかわからない爽《さわ》やかさに溢《あふ》れた男。どうやらあれは実在していたらしい。三十年生きてきたが、今までお目にかかったことはなかった。

いたんだ……という妙な納得をしながら、大賀は気圧《けお》されて男から一歩離れた。自分如《ごと》きが近づいては申し訳ない気持ちになったのだ。

綺麗なものというのは、無意識に人を威圧させる力を持っているのかもしれない。目を逸《そ》らせない美貌《びぼう》と、洗練された雰囲気が合わさると、日常とは違いすぎてどうしていいかわからない。こんな人に一体どんな対応をすればいいのか。まるっきり未知の世界だ。自分の手にはあまる。

一方彼も、目を見開いてこちらを見つめていた。自分が彼の周りにいないタイプだったのか。まばたきもせずに見つめてくる。

――あれ。なんで？

視線が顔に集中している。なにか変なことやったか？　あ、顔が怒ってるように見えたとか？　単に職人が物珍しいだけ？

どれが理由かはわからないが、絡まった視線が外せない。どうしよう。これ、このままじゃまずい気がする。っていうか、目が合ってるってことは、自分が彼を見てるのか？

内心パニックになっていると「見ない顔だけど、この近くに住んでるのかい？」と松婆の声が聞こえた。男の視線がするりと外れる。

「会社が近くなんです。戻るところだったんですが、途中道を間違えてしまったらしくて、おまけに雨が…」

「いきなり強くなったからねぇ」

「はい、驚きました」

二人はにこやかに笑い合う。半白髪の頭で、三倍ほど違うだろう年齢の差を飛び越えて楽しそうに話していた松婆が、ふいにこっちを向いた。

「あらやだよ、大賀。なに見惚《みと》れて」

その声に金縛りが解けたみたいに、一気に体の力が抜ける。息をついたことで、自分がさっきまで呼吸を止めていたことに気づいた。

ああ、ビックリした。あんな綺麗な顔に見つめられたせいだろうか。軽く放心していたらしい。

さっきのはなんだったんだろう。急に目も体も動かせなくなって……。

「ま、いいわ。この子に傘貸してやってちょうだい」

「え、なに?」

「傘。置き傘一つあったでしょ」

ああ、そうか。傘ね、傘――ようやく脳が動き始めた時に「さっさとする!」と肩を叩かれ「いっ!」と声が出た。

「どっから来てんだよ、そのバカ力…」

小柄な体から放たれる相変わらずの怪力に、眩暈《めまい》がしそうになる。作業着を脱げば、背中に小さいモミジがべったり貼りついているに違いない。

「だ、大丈夫ですか？」

音に驚いたらしく、男が不安そうに聞いてくる。まっすぐに自分を見る澄んだ瞳。それを思いのほか間近で見てしまい、ドキリとした。動揺をごまかして、大賀は店の端に置いてあった傘を摑《つか》み、男の前に差し出す。

「これ、持ってけ」

「大丈夫です。走っていきますから、コンビニの場所だけ教えていただければ」

「コンビニは駅の向こうだ。いいから持ってけ」

さっき拭《ふ》いたばかりで濡れ鼠《ねずみ》にさせるわけにはいかない。引かずにいると、男は困ったような顔をした。

「でも、さっき一つって……。これしかないんですよね？　僕が借りてお二人は大丈夫なんですか？」

「松婆は自分の分持ってるし、俺は車だから平気だ。それに夜には雨も弱まるだろ。気にせず使え」

「けど」

男は遠慮しているのか手を出そうとしない。ためらっている男に『持て』とばかりに傘を押し付けると、バコン！　と首の付け根を叩かれた。

「あんた、口はないんかい！」

「つぉっ――…」

当たったらいけないところに当たった気がする。たまらずよろけた隙《すき》に、松婆は傘を奪い取った。

「ったく、愛想なしにもホドがあるよ。言っとくけど、あんたのやってるのは客商売なんだからねっ」

いつもの調子で怒鳴った後、松婆は男に傘を向ける。

「ごめんねぇ、脅かして。これ使いなさい。こっちは大丈夫だから」

別人か、と言いたくなるくらいの猫なで声に、大賀は振り向いた。心なしか松婆を見る男の目も丸くなっている気がする。

「あぁ、大丈夫。コレは気にしなくても。つっけんどんだけど怒ってるわけじゃないんだよ」

松婆がこっちを指差す。

「図体ばかり大きくてねぇ。顔も怖いから怒ってるように見えるけど、なにも考えてないだけなんだよ。だからほら、持ってきなさい」

その言葉は事実だが、もう少し物には言いようがあるだろう。

親しさゆえの遠慮ない物言いに目で反論していると、松婆の代わりに男の視線がこっちに向いた。どんな反応をしていいのかわからないまま目が合って、数秒無言になる。

——あ、また…。

目が離せない。蛇《へび》に睨《にら》まれた蛙《かえる》状態で固まっていると、なぜか彼は顔を赤くして、恥ずかしそうに視線を外した。

「じゃあ、有難《ありがた》く使わせていただきます」

男が傘を手にする。

絡まりかけた視線がほどけたことにホッとしながらも、自分が渡しても受け取ってくれなかったのに松婆から受け取られて、若干切ない気持ちになった。顔で脅かしたかな、と一人でこっそり反省している間に、男は礼を言って松婆にタオルを返す。

「早めに返しに来ますね」

「いつでもいいから。暇な時にまた来なさいな」

「はい」

男は入口に向かうと、戸を開けてからこちらを見た。

「タオル、ありがとうございました。失礼します」

頭を下げて、雨の中を早足で駆けていく。彼が出て行ったことで爽やかな風が去り、一気に日常が戻ってきた。

「礼儀正しくていい子だったねぇ」

「……まぁな」

でもビックリした。あの顔は結構心臓に悪い。

「おまけにいーい匂いで……」

「なんだそりゃ」

呆《あき》れて突っ込んだが、松婆は意に介さなかった。

すっかり虜《とりこ》になったようだ。確かに整った顔で驚いたが、と男を思い返して、無意味に見つめ合った不思議な時間を思い出す。

——なんだったんだ、あれは。

まるで、あの目に吸い寄せられたようだった。身動き取れないように、体を針で縫いつけられた気分だ。

どうしてあんな風になってしまったんだろう。あの目の合った瞬間を思い出すと、動揺と訳のわからない感覚が蘇ってきて、胸の辺りがおかしな感じになる。いいとも悪いとも言えない、変な気分だ。

松婆は彼を気に入ったらしい。さっさと戸から離れればいいのに、名残惜《なごりお》しいのか、男が走り去った道を磨《す》りガラス越しにまだ見つめている。

「あの子、また来ると思うかい？」

「さぁな」

松婆にはかわいそうだが、多分来ないだろう。店の置き傘が減ったのは、殆《ほとん》どの人が再び店に来なかったからだ。

「あの子の爽やかさと気遣いが、あんたに少しでもあればねぇ」

余計なお世話だ。しみじみと言う松婆を、大賀は無言で見返した。


予想とは違い、男は本当に再び店にやってきた。おまけにお礼の手土産《てみやげ》つきだ。

「こんな気遣わなくてよかったのに」

「お礼と言うほどのものではないですから」

おかげで松婆は上機嫌だ。気持ちが弾んでいるのが遠目でもわかる。その様子を少々生暖かい目で見守りながら、大賀は話を続けている男に声をかけた。

「こんな時間に来て、仕事はいいのか？」

「食事の時間を充《あ》ててるから大丈夫です」

なるほど。でもそうすると、午後三時にようやく昼にありつけたことになるのだが……。

「飯食ってないのか？」

「食べてます。食事の際に足を延ばして来てるので。ところで和菓子って綺麗ですね」

男はそう言って、ショーケースの中を見た。

「この間も気になってたんです。おいしそうだなって」

「実際おいしいからね。ここのはほどよい甘さで味がしっかりしてるし」

「へぇ」

「特に出来立ては一番！　次はもう少し早く来てごらん。そうしたら午後の出来立てが食べられるから。あれは病み付きになるおいしさだからねぇ」

「こら、無理強いするな」

「だって一番おいしい時に食べてもらいたいじゃないか。ねぇ？」

断れなくて嫌な思いをさせるんじゃないかと内心ハラハラする自分とは違い、松婆は男と笑い合っている。店を宣伝してくれる気持ちは有難いが、身内褒めを目の前でやられるのは、正直いたたまれない。

「一つ買ってもいいですか？　もしお勧めがあれば、それがいいんですけど」

「これでいいんじゃないか？」

大賀は豆大福を指差した。店の味は、これ一つで充分に判別できる。

「じゃあそれを」

「もう帰るのかい？」

あからさまに残念そうな顔をした松婆に、男は困ったように微笑《ほほえ》んだ。

「すみません、仕事があるので。また来ますから、お話はぜひその時に」

「ああ、会社近いって言ってたねぇ」

と言われて、男は思い出したように名刺を取り出した。

「ご挨拶遅れました。桐谷一知也《きりたにいちや》です。こちらどうぞ」

男が松婆に名刺を渡す。

「いちや？」

「そうなんです。よくカズヤとかトモヤとか、どちらか片方でいいのにって言われるんですけど」

「素敵じゃないの。一を知るなり、でしょ。お母さん、いい名前選んだんだねぇ」

いっちょ前に年寄りらしいことを言いながら名刺を見つめていた松婆は、ふいに声を上げた。

「あんら、ここ大企業じゃないの！　エリートじゃないっ」

「僕は一社員なので」

「でも蓮見《はすみ》商事に勤めてるんでしょ。だったらすごいもんだよ。はー、まぁそんな感じはするけどねぇ、ほお、まぁ……」

松婆はよほど驚いたらしく、言葉にならない言葉を繰り返している。

「似合うわぁ…なるほどねぇ…」

確かに、スーツも張りがあって上質な感じがしていた。さらりとした髪も体もしなやかそうで、見た目にもどことなく品がある。心の中で松婆に同意しつつ、大賀は豆大福を一つ小さな紙箱にしまってから、レジ袋に入れた。

「百六十円」

「あ、はい」

金をもらい、釣りを返す。商品を渡している間、じっとこちらの様子を見つめられる。目が合うなりふわっと微笑まれて、そのやわらかさに思わず息を呑《の》んだ。

まっすぐに顔を見るのはこの男の癖なんだろうか。今日店に入ってきた時も、初めて来た時と同じように見つめられた。笑顔を向けられて、それ以降彼の視線が気になってしまい、自分から距離を取ったのだ。

傘を返しに来てくれたことは有難いが、なんというか、このきらびやかな男が、なぜこんな古めかしい店に来て、祖母のような年齢の松婆と会話を弾ませているのか。どうして自分を見ると花が咲いたような笑顔を見せるのか、よくわからない。決して嫌なわけではないのだが、真意が見えなくて戸惑ってしまう。

「あんまり気遣わなくていいからな」

一知也がドキッとしたように顔を上げる。さっき離れた目がまたバチッと合って、今度は向こうから恥ずかしそうに目を逸らされた。

「婆さんの相手は疲れるだろ」

こっちまでつられて照れそうになりながらも、動揺を隠してそう言うと、一知也はちらりとこちらを見た。再び目が合って、今度は嬉しそうに目を細められる。

「僕も楽しいですから」

その顔は確かに心底幸せそうで——それ以上に綺麗だった。それを真正面から見てしまい、なにも言えなくなる。

「じゃあ、ありがとうございました」

礼を言うのはこっちなのに、彼は自分からぺこりと礼をした。松婆とも挨拶をして、「失礼します」と颯爽《さっそう》と去っていく。

なんだろう。やっぱり変な感じだ。彼と会うと、どうも胸が落ち着かない。

無駄に目に眩《まぶ》しいものを見たせいなのかもしれない。何度かまばたきをして首も回すと、やっと少しばかり日常が戻ってきた気になった。

「また来るかねぇ」

松婆は既に待ち遠しくなっているらしい。すっかり若い男にやられている。

心なしか疲れた体を動かしながら、大賀は胸に残る消化できない感覚に、心の中で小さく息をついた。

それから、一知也はたびたび店に顔を出すようになった。

仕事があるから長居はしないが、和菓子を見ては、どう作るのかとか、この色は何でできているのかとか質問してくる。聞かれると相手をしないわけにはいかず、大賀は一つずつ質問に答えた。和菓子に関することなら自分はいくらでも説明できるが、商社のサラリーマンが聞いていても退屈なだけでは？　と思うものの、彼は毎回、楽しそうに耳を傾けている。

そんな一知也をなにより喜んだのは、松婆だった。十歳くらい若返ったんじゃないかと思うようなハシャギっぷりで、満面の笑みを見せている。今日も、一知也の姿を見るなり足早で駆け寄ってきた。

「来てたんだねぇ」

「はい。おばあちゃんもお元気そうで」

「そりゃあねぇ、それだけが取り柄だから」

松婆はかんらかんらと陽気に笑う。傍目《はため》に見ているだけだが、確かにこの数日で寿命は延びた気がする。七十を過ぎても、有りあまるこのパワー。そこらを歩いている二十代より断然元気だ。下手《へた》したら、あと五十年くらいこの調子で生きそうな気がする。

妖怪《ようかい》、という言葉が大賀の脳裏《のうり》に浮かんだ。

「ああ、そうだ。ちょっと待っててておくれね」

松婆はなにかを思い出したのか、ぴゅうっと出かけていく。その速さに追いつけず、一知也が呆然《ぼうぜん》と立っていた。

「どうしたんでしょうか」

「さぁな。なにか思いついたんだろ。年寄りは我慢が利かないから」

せめて行き先や戻り時間を伝えてから行けばいいのに。これじゃ突然取り残されて驚くだろう。

「この頃は元気が良すぎるくらいだしな」

おかげで自分の手には負えないレベルになっている。でもその方がいい。松婆には元気が似合っている。

「会えるのが楽しくて仕方ないんだよ。話し相手してくれる若い奴《やつ》は、そんなに多くないから」

それを思うと、一知也はかなり奇特な人だ。常に話し足りない彼らについていくだけで、結構大変なのに。

「いつもありがとな」

「いえ、そんな…っ」

慌てて首を振る一知也の腹から、ぐうう～っと大きな音がした。店内に響いた音に、一知也が真っ赤になって俯く。

「すみませんっ。実は今日お昼食べるタイミング失《な》くしてて…」

「ここに来る時間があるなら飯食えばよかったのに」

「そうなんですけど」

よほど恥ずかしかったのか、それきり黙ってしまう。無言になったことでなんとなく責めたような感じになり、居心地が悪くなった。いじめているつもりはないのだが、自分はどうも会話が下手らしく、時々こうして彼を黙らせてしまう。

「ここでなにか食べてくか？」

「あ、はいっ」

声をかけると、パッと一知也の顔が明るくなった。ショーケースに近づき、笑顔で商品に目をやる。

「どれにする？」

「じゃあこの団子《だんご》二つと、秋桜《コスモス》を」

「わかった。用意するから、そこ座ってろ」

長椅子を指し示すと、一知也は言う通り座った。

皿に盛りつけて、お茶と一緒に盆で持っていく。よほどお腹《なか》が空《す》いていたのか、渡すと一知也は目を輝かせてそれを見た。

「悪いな、菓子しかなくて。おこわでもあればよかったんだが」

「いえ、充分です」

一知也がお茶を一口飲むと、ふんわりとした緑茶の香りがこっちにまで流れてくる。商品を目で楽しむようにじっくりと見つめてから、一知也は「いただきます」と竹ぐしの団子を取った。照りのあるタレを乗せたつるりとした団子。もっちりとしたみたらしが一つ、彼の口に入る。何度か咀嚼《そしゃく》して、しばらくしてから、ほわっと表情が和らいだ。

——あ。

いい顔。

子供みたいに、顔全体がふにゃりと緩んでいる。思わずかわいいと思って、すぐに同じくらい誇らしくなった。

その顔をさせたのが自分の菓子。職人にとって、これほど嬉しいことはない。ついにやけそうになる顔を気合いで抑えていると、一知也がこっちを向いた。

目が合って、気恥ずかしそうに微笑まれる。その顔が妙に幸せそうで、見た自分の方がドキッとしてしまった。

「これ、おいしいです」

「……なら、よかった」

動揺を気取《けど》られないように言うと、一知也が手元の皿を見た。

「おまけに綺麗だし。すごいですね、こんなものを作れるなんて」

和菓子を見つめる目は優しい。うっとりと商品を見つめられて、ちょっと照れくさくなった。

「そうか？」

「そうですよ。物を作る人ってすごいと思います。それがおいしいものなら、尚更」

「人を幸せにする仕事ですもんね」と歯が浮くような台詞《せりふ》を笑顔で言われる。

「職人って自分の腕一本で勝負してるんだって感じがあって、かっこいいです。人の手で作るものはあったかいし」

「そう思うか？」

「はい」

即答に、じわりと胸が熱くなる。

「そうか……」

それは自分もだ。

手作りは苦手だと、昔は言われなかった言葉を真顔で言われるようになったのは最近だ。和菓子が日持ちしないのは手で捏《こ》ねているからだと言われたこともある。

だが商品が日持ちしないのは、オートメーション化していないからじゃない。添加物を加えてないからだ。何日置いてもカビも生えず、硬くなることもないパンのような商品を作りたいとは思わない。客に爺婆が多いから、余計に食の安全性を取りたい。

機械で全てを賄《まかな》うのも無理だ。

機械が小豆の選《よ》り分けをできないように、その日の湿度と気温を読み取り、材料の出来に合わせて臨機応変に対応することは不可能だ。

だからこそ、自分は時代錯誤だと言われても、今のままのやり方で頑張り続けたかった。

父の、祖父から受け継いだ味と技術を守り続けたい。

そう思うのは、親のせいだろうか。

菓子は愛情だと、仕込みを教えながら父は言った。繊細で手間がかかり、脆《もろ》くて、気を抜いたらほろりと崩れる。だから神経を研ぎ澄ませ、注意深く作れ。我が子のように愛《いと》おしくなるから。

顔に似合わないロマンチックなことを突然言うから、その時の自分は面食らったが、今はその気持ちがわかる。わかるから、不覚にも一知也の言葉にグッときてしまった。

気が緩みそうになってしまい、理性で気持ちを押し込める。耐えたせいで変な顔になっていたのか、こちらを見た一知也が不思議そうな顔をした。

「どうかしましたか?」

「いや——親父《おやじ》が聞いたら喜ぶだろうと思ってな。ホントに和菓子好きなんだな。嬉しいよ」

今の心情を上手《うま》く説明できなくて、気持ちだけを伝える。

「子供の頃、祖母の家で出してもらってたから、その名残かも知れませんね。子供心にも色鮮やかで綺麗で」

「へぇ」

「だから、昔はもっと高いものだと思ってました。和菓子って雅《みやび》で、初めてだと近づきにくいじゃないですか。実際は値段も手頃で買いやすいのに。この店だってこんなにもおいしいのに、隠れてるみたいにひっそりしてて。なんかちょっと勿体《もったい》ないですよね。百貨店とかには卸さないんですか？」

「卸すもなにも、まずそういう話が来ないからな」

「そうなんですか……。百貨店も見る目ないですね。この店を見逃すなんて」

　残念そうに言ってから、「でも人気になるとこうやってゆっくり食べられなくなるから、今の方がいいかな」と笑った。

「ところで、今度ここの商品お土産に祖母に持って行こうかと思うんですけど」

「だったら、先に時間教えてくれればそれに合わせて作っておくぞ。贈答用なら多少化粧もできるし」

　一知也は目を丸くした。

「そんなことまでしてくれるんですか？」

「注文の時はそうしてるんだ。なるべく出来立てを食べてもらいたいからな。食べたいものがあれば、店に置いてないものも作るぞ。冬に水菓子とか、季節関係なく食べたい人はいるし、店は小さいからあまり品数はおけないしな。材料によっては最低個数が変わるし、取り寄せにも少し時間がかかるが」

「いいです。そこまでしていただかなくても。あ、でもそういえば気に入ってた商品があったような……」

「だったらファイル見てみるか？　写真つきだから、それを見て選んでくれればいい。和菓子は基本店それぞれで違うが、桜餅だったら道明寺《どうみょうじ》とか長命寺《ちょうめいじ》とか、一般化されてる種類もあるんだ。それならウチでも作れるし」

「そうなんですか」

一知也が感心したように息をつく。好きなのは確かなようだが、本当に和菓子のことはほとんど知らないらしい。

「じゃあ、後でファイル見せて下さい」

「ああ」

話が一段落して、一知也がまた団子を食べ始める。

いったん会話が途切れると、話すことがなくなった。

人と話すのは得意じゃない。こんなに会話が長く続いたのは、和菓子の話をしていたからだ。違う内容なら、話はきっと、もっと早くに終わっていた。

そもそも、客と話すことがあまりない。馴染《なじ》みの爺婆だとこっちがなにも言わなくても色々言ってくるから賑《にぎ》やかになるが、実際自分が沢山話しているかというとそうでもない。自分は見た目で人を威圧するらしく、若い客からは「買うのが少なくてすみません」となぜか謝られたことがあるくらいだ。

だから正直、客の相手は今でも苦手だ。

なのに、どうして今日はこんなに喋っているんだろう。彼の隣にいても、あまり苦に思っていない自分がいる。その証拠に、普段だったらとっくにカウンターに戻っているはずが、まだこんなところに立ち止まったままだ。

今からでも店の奥に戻ればいいのだろうが、なんとなくタイミングを逸《いっ》していた。食べている時に立っているのも不躾《ぶしつけ》かと思い、長椅子の端に腰《こし》かける。空気が揺れて、ふわりと爽やかな匂いが巻き上がった。

——あ。ホントだ。

松婆の言った通りだ。彼はいい匂いがする。

フレッシュグリーン系の……なんだろう。わからないまま、大賀は隣にいる男に目をやった。

肩の位置が自分よりも少し低い。それよりも気になったのは、膝《ひざ》の高さだった。普通に座っているのに、椅子より膝の方が随分と高い。婆達は妙にフィットした感じでちんまりと収まるのに、一知也は行き場のない足を持てあましているようだった。

身長は百七十と少しぐらいだろうか。自分とは十数センチしか身長差がないと思うが、体に厚みがないせいか随分と体格が違うように見える。婆達に囲まれている時は強くしっかりしているように見えたが、自分の隣に並ぶと線の細さが目立つ。

だからなのか。一知也は存在感があるのに威圧感はなかった。静かすぎるほど静かな店内でも、不思議と気づまりする感じもない。まるでここだけ時間がゆったりと過ぎているようだ。

古民家のような古ぼけた店と、年季の入ったレジと、彼との絶妙なミスマッチ感。昭和を色濃く残した風情の中で、一知也だけが浮いている。

そんな中でも食は進んでいたらしい。皿の上のものは順調に減っている。

『女性を見る時は食事をしている様子を見なさい。そうすれば、どんなお嬢さんだかわかるから』

ふと亡くなった母の言葉が蘇る。食事の時はなにも隠せない。育ちや本質が必ず出る。そこで相手を知るのだと、そう言った。

『自分がその人と合うかはね、口元を見るの。少しでも嫌悪感を抱《いだ》いたら合わない。合う人はね、見てると吸い込まれそうで目が離せなくなるんよ』

大賀は、皿の和菓子を見た。

一口一口、優しく欠けていく。食べ方が綺麗だ。黒文字《くろもじ》の使い方も美しい。食べる時には

どんなものでも形が崩れるのに、一知也の手元にある練り切りは、元の形を残しながら口の中へと消えていく。その一つ一つの仕種《しぐさ》がなめらかで、品がいい。

まるで自分が優しく撫《な》でられているようだった。黒文字が動くごとに、背中がくすぐったくて変な気分になる。

「あの」

いつの間にか、一知也が空になった皿を長椅子に置いて、顔を上げていた。絹糸に似た飴《あめ》細工《ざいく》のような髪がさらりと揺れている。

光に当たると、使い込んだ革のような深みを見せる髪。それから睫毛《まつげ》。その下にある目は髪よりも少し深くて——…。

ゆらゆらとした夢見心地の中、目が合った。

ゆっくりと視線が絡み合い、どくんと心臓が音を立てる。

まただ。目を逸らさなければと思うのに、気持ちとは裏腹に、目は飴色の瞳に吸い寄せられる。

——やばい、言葉が出ない……。

「よかった、まだいたぁ！」

ガラッと戸が開く。大声にギョッとして振り向くと、松婆の後ろに、見覚えのある顔が続いてきた。

「ほら、この子よ、この子！　かっこいいでしょうっ」

松婆の言葉が合図のように、わさっと一知也が取り囲まれる。

「ほんとやねぇ、芸能人みたいやねぇ」

「まぁ、見てこの手！　この顔！　お肌ツヤツヤじゃないの」

「あ、あの」

「年は？　家はどこ？　どこ出身？　彼女いるの？」

「矢継ぎ早に聞いたらダメやろ。ほら、怖がっとるやないの、かわいそうに」

「それにしても目の保養だわねぇー」

六十年前なら少女だった白髪の大群は、往年のアイドルにでも会ったかのように、年甲斐《としがい》もなくキャッキャッとはしゃいでいる。相手が一人ならともかく、老人慣れしてない身で、この熟練の老女達を相手にするのは厳しい。困ったようにこちらを見る一知也に、大賀はこっそり囁《ささや》いた。

「逃げた方がいいぞ」

「そ、そうですね。あの、すみません皆さん。大変申し訳ないのですが、仕事に戻らないといけないので……」

「もうちょっといいじゃないの。ねぇ？」

「いえ、ホントに。すみません」

先を行こうとして、一知也は自分の胸ほどの身長しかない婆達にもみくちゃにされている。

「仕事だって言ってるだろ。ほら、退《ど》け退け」

進めなくなっているのを見かねて、大賀は片手で散らした。摑まれていた手が離れて、一知也がホッとしてこっちを見る。思い立ったようにポケットを探ると、財布から「これ、お代です」と札を寄こしてきた。

「おいしかったです、じゃあまた」

はにかむような笑みを見せて、婆達に縋《すが》りつかれながらも帰っていく。婆達を一人ずつ摑んでは引き剝《は》がし、一知也を見送ってから、はたと気づいた。

「釣り……」

なぜさっき気づけなかったのか。悔やみつつ、大賀は手の中の千円札を見た。


釣りは思いのほか早く返せた。その後一知也が祖母への手土産のために、ファイルを見に来たからだ。何度も顔を出しては婆達に見つかり、拒み切れず相手をしている一知也を見かねて助ける状態だった。

本人から一度きつく注意されれば婆達も多少控えると思うのだが、一知也は優しすぎるのか強く言わない。当然それで婆達が収まるわけはなく、間に入っているうちに自分が守ってやらなければという使命感が出てきた。

あれはいつだっただろう。二度目か三度目か。婆達の囲みから救い出した時、一知也が安堵《あんど》したように自分を見た。

「おい、こっち」

助けようと手を伸ばした自分に向けられた目を、まだ覚えている。艶《つや》やかで、どこか儚《はかな》げで、見惚れるくらい綺麗だった。この美しいものを傷つけさせるわけにはいかない、と強く思った。

掌《てのひら》に触れた指の感触。腕を少し引けば、自分の胸にすんなり入ってくる。その姿がすぐに手折《たお》られてしまいそうなほど無防備で、これは放っておいたらマズいと、妙な危機感まで覚えた。

あれ以来、実はかなり本気で彼を守っている。すっかり悪い魔女から王子を守る兵士の気分だ。

松婆は今日も、仲間を呼びに行ってしまっている。

束《つか》の間《ま》の静かな時間の中、一知也は会社で食べたいからと商品を選んでいた。本来ならいつもこうしてゆったりと過ごさせてやりたいのだが、婆達が来ると難しいのが実情だ。

「悪いな。毎回落ち着かない思いさせて」

「え」

一知也が顔を上げた。

「婆達の相手するの、大変だろ。口うるさいし、騒がしいし。でも、みんなあれで根はあったかくて気持ちのいい人達だから……」

一知也には婆達を嫌いになってほしくない。しかし、彼らが暴走してたまにやりすぎるのも事実なわけで。

「とはいっても、やっぱりあの激しさは参るよな。俺もなるべく迷惑かけさせないようにするよ」

話を聞いていた一知也がふいに笑顔になった。優しい眼差《まなざ》しで見つめられる。

「大丈夫ですよ。僕はこうしていられるだけで充分嬉しいので」

「こうしてって……」

どれのことを言ってるんだ？

店に来ていること？　自分と一緒にいること？　なんでもない一言に、妙な含みを感じてドキリとしてしまう。

「いたぁー！」

大声と共にガラッと戸が開いて、二人してビクッとなった。婆達が一知也めがけて突進してくる。

「ちょ…！」

大賀は急いでカウンターから出ると、婆達の前に出た。防波堤になって、一知也に帰れと目配せする。

「でも」

「こっちは大丈夫だから。はいそこ、手を離せ。クリーニング大変になるだろうが」

安全に帰らせようと、砂糖に群がる蟻《あり》よろしく、一知也に群がる婆達を強引にちぎっては投げ、ちぎっては投げていると、あまりにも触らせなかったせいか、婆達がキレてこっちに怒りを向けてきた。囲まれてぎゃいぎゃいと騒がれ、手がつけられなくなる。

最初は、どうして近づかせてくれないんだ、潤いが欲しいのに、という気持ちはわかる内容だったのに、日頃の鬱憤《うっぷん》が溜《た》まっていたのか、次第に怒りの矛先がずれていく。

終《しま》いには「そもそもあんたにかわいげがないのがいけない！」という、どっちに向いているのかよくわからない方向で怒られて、さすがに唖然《あぜん》とした。

「おいおい」

「そうだよ。あんたがかわいくないから私達が飢えるんだよっ」

なにここぞとばかりに便乗してるんだよ、と紛れ込んで文句を言う松婆に苦笑する。そうだそうだ、と他の婆達も負けじと参戦してきた。

「愛想ぐらい持ったらどうなんだいっ」

「あんたがモアイみたいに無表情だから、優しくて綺麗なもんが欲しくなるんでしょうよっ。この堅物っ」

「ちょっとはこの子見習ってかっこよくなってみなさいなっ」

「止めて下さい！」

庇《かば》うように割って入った一知也に、婆達がビクッとなった。

「どうしてそんなひどいこと言うんですか。和菓子屋さんはかっこいいですよ！　こんなにかっこいいじゃないですかっ」

「は…？」

「職人としての腕だって確かだし、見た目だって、ほら。寡黙で、恰幅《かっぷく》があるから和装だってこんなに似合って！　ちゃんと見て下さい、この精悍《せいかん》な顔立ち！　涼やかな一重、乾いても色気のある唇《くちびる》っ。完璧じゃないですかっ。こんなかっこいい人今時いませんよ！」

真顔で訴えられて、婆達がポカーンとする。その一秒後、店は大爆笑に包まれた。

「せ、精悍な顔立ち…っ」

「涼やか…っ」

「え、えっ？」

慌てたのは一知也の方だった。腹痛いとばかりに笑い死にしている婆達を前に、一人困惑している。

「どうしたんですか、皆さんっ」

「やってくれたな…」

「ええっ？」

このまま言わせておいてやればしばらく静かになったかもしれなかったのに、まさかこうなるとは。一知也は状況が掴めないらしく、笑い声が響く中で、一人焦っている。

大賀は後のことを考えて溜め息をついた。

◆◆◆

「兄ちゃん、ファンができたんだって？」

帰宅するなり弟から言われて、大賀はげんなりした。ただでさえ今日はあの後、婆達から「ねえ、そこの涼やかな人」「ちょっと笑ってみてよ、精悍な男前さん」と一日中冷やかされたと言うのに。どうやら松婆は、一日で商店街全部に言い振りまいたらしい。

まぁこうなるよな。格好のネタ提供したもんな、と、わかってはいたものの疲れが出る。

多少はた迷惑ではあるが、こうやってからかいのネタにされるのはよくあることだった。これは婆達にとって愛情表現なのだ。

それに日々鍛えられているので、自分は多少の暴言など今更痛くも痒《かゆ》くもない。のだが、免疫《めんえき》がない一知也にとって、今日のことは衝撃的だったのだろう。周りについていけずテンパっていたので、結局あの後、みんなで一から説明する羽目になってしまった。

「ええと、つまりあれは軽口の一種だったと」

「そうそう。私らはいつもあのくらいやってるんだよ。だからね、あれも本気で言ったんじゃないから」

「そうだったんですね。そうですよね、じゃなきゃあんなこと言いませんよね」

口々に言われてやっと納得したらしく、一知也がほっと息をつく。

「すまなかったねぇ。心配かけて」

「それはいいですけど」

言いながら、一知也は婆達を見た。

「おばあちゃん。和菓子屋さんはおばあちゃん達のこと大好きなんですよ。おばあちゃん達も和菓子屋さんを好きですよね？」

「ちょっ、なに言っててっ」

「勿論《もちろん》だよ」

普段自分に向けて使われることのない優しい声で、婆達が一知也に微笑む。恥ずかしいことを突然ばらされて地面に潜りたくなっているこっちの気持ちなんか知りもしないで、一知也は婆達の手を取ると、こちらの手も取り、重ねさせて、

「いくら仲良しだからって、あんなこと冗談でも言っちゃダメですよ。ビックリするから、もうしないで下さいね」

と爽やかに帰って行った。

なんというか、やはり彼は不思議な男だ。

一知也に触れられてぽーっとなった婆達と、満足げに立ち去った一知也を思い出していると「なに笑ってんの？」と声をかけられた。大賀は座卓の前に座っている、高一にしては線が細く、身長も伸びていない弟を見下ろす。

「昂太《こうた》、飯は？」

「今、用意するって。それよりそっちの話聞かせてよ。そんなことがあったなんて、今まで全然教えてくれなかったじゃん」

「特に言うようなことじゃないだろ。単なる客の話だし」

「えー。気になるよ。兄ちゃんのファンなんて初めてだし」

「それ止めろ」

「いいじゃん。今、町内会一の噂《うわさ》だよ。長年彼女一人すら作れない、スーパーつまんない人生を送ってきた兄ちゃんにきた、ある意味初めての事件だよ？　そりゃ燃えるなっていう方が無理でしょ」

ちょっとカチンときた。

「言っとくが、いたことはあるぞ」

「うん。でもそれ十年くらい前に一瞬だよね？」

「……」

「そんだけ期間あったら、彼女の一人や二人ぐらいできてるもんなんだよ。普通は」

言い聞かせるように言うと、昂太はパッと笑顔になった。

「ま、いいよ。俺、受け入れ範囲広いし。で、その人すごいハンサムなんだって？　松子《まつこ》ばあちゃんなんて、会うたびに若返るって大喜びしてたよ」

「あぁ…」

だろうな、と大賀は心の中で返した。最近の松婆の張り切り加減を、自分が一番リアルに感じているだろう。心の青春度はすごいと、本気で思う。ただあくまで気持ちの問題で、皺《しわ》もシミも全く消えていないが。

「あんなに盛り上がってたのにずっと知らなかったなんて、もうショックで」

「それ知りたいことか？　俺は全然そう思わないけどな」

「俺は思うんだよっ。ね、会いに行っていい？」

「飯」

言い放つと、昂太は膨れた。しばらく待つと、座卓に唐揚げ入りの野菜炒めと厚焼き玉子、椀物《わんもの》が出てくる。作り立てだったのか、野菜炒めはまだあったかい。

「それに会えるのは、みんな昼間ヒマしてるからだ。お前は学校があるだろ？」

「土曜は行けるよ。テストも終わったし」

はい、と山盛りに盛られた茶碗を差し出される。ようやく食事にありつけたことにホッとして、大賀は向かいに座る昂太を無視して食べ始めた。

「行っていいでしょ。店番するから」

性格とは正反対のかわいい顔で微笑まれて、微妙な気持ちになる。座卓に置かれていた短冊切りのたくわんをストレス解消代わりにボリボリ齧《かじ》りながら、興味津々《しんしん》の弟の顔を見た。

「来るかどうかわからないぞ」

「いいよー別に。そろそろ兄ちゃんの手伝いしようと思ってたところだし」

店番はいいから休めと思う。どこかに遊びに行くのでもいい。中学生の時から、昂太は店番を自分から買って出て、遊び回ることは少なかった。

今もそうだ。

率先して家事をしてくれるのは有難いが、遊びよりも家のことを優先してしまう。たまには食事作りを休んで遊びに行ってもいいぞと言っても、昂太は手を休めない。

けれど十六歳なら、本当はもっと、部活をして、恋もして、家になんて寄りつかないぐらい毎日楽しく遊び回っている年頃なんじゃないだろうか。十四歳も年の差があるせいか、物わかりのいい姿を見るたびに、無理しているんじゃないかと親目線で気にしてしまう。

「それともアレ？　俺が行くと困ることでもあんの？　取られそうで見せたくないとか？」

「んなわけあるか」

ムッとして言い返すと、「そうかなぁ」とニヤニヤされた。

「好きにしろ」

やった、と昴太が喜ぶ。またぞろくさいことになりそうだと思いながら、大賀は白飯を搔《か》き込んだ。

◆◆◆

「来ないなぁー」

「だから言っただろ」

本当に土曜日にやってきた昴太はつまらなそうな声を出した。とはいえ、それは客のいない時だけで、客が来れば、普段見せない営業スマイルを全開にして対応をしてくれている。

開店から三時間が過ぎて、昴太は足が疲れたのか椅子に腰かけた。

「残念。会いたかったんだけどな」

「ちょっと休んで来たらどうだ？　昼でも食って。松婆もそのうち来るだろうから」

「そだね」

松婆は毎日、午後の仕込みの時間になると店に来てくれる。一人でも店がなんとかやっていけるのは、松婆のおかげだ。トイレや昼飯は客のいない時にすぐ済ませるからいいものの、仕込みばかりは店番と同時にはできない。

それでも最初は一人で頑張っていたが、無理が見えたのか松婆は勝手に店に居座るようになり、客の対応まで始めた。自分が来られない時は、代理として他の人へ声をかけてくれることもある。これを言うのは照れくさいのであまり口にしないが、どれだけ感謝しても足りない。

客が列をなす有名店ならともかく、昼間に数時間『準備中』と看板をかけることになるのは、自分のような個人商店では大きなマイナスだ。

松婆は店番をしても「運動不足を解消してるんだよ」と言い張り、謝礼も受け取らず、今も無償で助けてくれている。そのかわり、頭が痛くなるような井戸端会議をたまに店で始められてしまうのだが。

「ね、心なしかお客さん増えてない？」

「そうか？　そういやそうかな」

よくわからない。販売数にそれほど大きな差はないが、言われてみれば最近若い年齢の客がちらほら入ってくる気がする。近所の主婦というより、違うところから来たような、面識のないタイプが多かった。

しばらくして、高校生ぐらいの女の子の二人連れが店に入ってきた。一人はキョロキョロと店内を見渡し、もう一人は興味なさそうに一歩後をついてきている。最初に店に入ってきた子は、ショーケースに近づくと真剣に商品を吟味し始めた。

「買うの？」

「うん。試しに買ってみようかなと思って」

カラカラと引き戸が開き、松婆が店に入ってきた。女の子達が選んでいたので、松婆は静かに昂太と目配せで挨拶をする。

「ここ意外と有名みたいだよ。お忍びで芸能人が買いに来るんだって」

「へぇ、誰？」

「それはわかんないんだけどー。若手のかっこいい系っぽい」

「ふぅん」

彼女達の何気ない会話に、大賀はギョッとした。とりとめのないことを話しながら、女子高生は豆大福を数個買って喋りながら帰っていく。

昂太が「ありがとうございました」と客を見送ってから、渋い気持ちになっていたこっちに目を向けてくる。

「お忍びで芸能人が来るの？　兄ちゃん」

「……」

そんなわけがない。芸能人に間違われるような容姿の人間は、ここには一人しか来ない。

「ああもうっ、派手な顔はこれだから……！」

腹立ち紛れに頭を掻くと、「別に兄ちゃんが怒んなくても」と昂太が声をかけてきた。

「あんな根も葉もない噂立てられてたんだぞっ」

「でもあながち外れてないよ。俺もそれ目当てでここ来たんだし」

「なんであれ、売れるならいいことだしねぇ」

「だよねぇ」

松婆と昂太が頷《うなず》き合う。

「あれじゃ客騙《だま》してるじゃないかっ」

「噂なんてそんなもんだって。本人が買いたくなったんだからいいんじゃない？」

「本人だって噂になるの嫌だろうし…っ」

「喜ぶかもしんないじゃん。それに、かっこよかったらしょうがないよ。どこにいても目立つんだから。兄ちゃん考えすぎ」

そうだろうか。

納得できずにいると、昂太が「いらっしゃいませ」と声を出した。客が一人入ってきている。綺麗だが隙のない女性だった。

「こんにちは。こちらのご主人はいらっしゃいますか？」

「私ですが」

大賀が一歩前に出ると、女性は名刺を取り出した。会社名と会社のマークが印刷されている。

「お初にお目にかかります。私、松岡《まつおか》コーポレーション秘書課の竹内《たけうち》と申します。こちらは大口の注文を受けていらっしゃると聞いたのですが」

「はい、してます」

「可能でしたら、私どもに豆大福を三百個お作りいただけないでしょうか」

「三百ですか…」

「はい。こちらの商品がおいしいとのことで、上の者がぜひにと。社の会合に使わせていただければと思っております」

それは願ってもないことだ。しかし……。

大賀は名刺を見つめた。

「納期はいつになりますか？」

「二週間後です」

「……」

それなら、追加の仕入れも間に合う。

三百という数も微妙だ。五百なら明らかに自分の手にあまるから断るが、三百なら頑張ればできなくはない。仕込みを早くから始めれば、だが。

「お届けは何時でしょうか？」

「午後一時にお願いします」

やはり、不可能ではない。これはチャンスだとも思う。自分の味を気に入ってくれてこうして話を持ってきてくれた、その気持ちにも応《こた》えたい。

けれど即答はできなかった。一人でここまでの数を受けたことはない。不安は少なからずある。

和菓子はあまり長く作り置きできる物じゃない。少しの間にも餅は当然硬くなっていく。鮮度が落ちれば当然味が変わる。だから日に二回作っているのだ。

注文は作り立てを食べてもらいたいが、量が量だ。その望みを叶《かな》えるのは難しい。父がいた時なら喜んで即答できただろうが……。

「せっかく来ていただいて申し訳ないのですが、仕入れなどの確認をさせていただきたいので、こちらから改めてご連絡をしてもよろしいですか」

その言葉に動揺した顔を見せたのは昂太や松婆だった。女性は表情一つ崩さず「はい」と答える。

「それと、お引き受けする場合は全額前金になります」

「わかりました。折り返しはこちらにお願いします」

女性は名刺を指差す。そうして「なるべくお早めにお願いします」と言い残して去っていった。店を出て行ってしばらくしてから、昂太が勢いよく振り向く。

「すごいじゃん、こんな大口取れるなんて！　兄ちゃんの味が認められたんだねっ」

「だったらいいんだがな」

これを機に人気になって、デパートに卸すことになったりしないかなぁ、と昂太は夢見ているが、そこまで楽観的にはなれなかった。実績が認められたのなら嬉しいが、店に来た女子高生のように噂に流された可能性がないとも言えない。

「けど三百個って大丈夫なのかい？　店の分も作らなきゃいけないんだろ？」

「あ、そうか」

昂太の声が急に萎《しぼ》んだ。

「そうだよね、一人じゃ難しいよね。俺が手伝えたらいいんだけど学校あるし、技術もないし……」

「いや、大丈夫だ。受けるよ」

「でも」

「うちの味を信頼して仕事をくれたんだ。受けなきゃな」

不安そうな顔をする昂太の頭にポンと手を乗せる。

「とりあえず、豆の選定は前倒しだな。小豆も今のままじゃ足りてないし……ちょっと吉《よし》さんに連絡するから」
昂太を横に退かせると、大賀は頭の中で予定を組み立てながら、店の電話を摑んだ。

幸いにも豆の手配はすぐできて、大賀は店を訪ねてきた秘書に引き受ける旨《むね》を連絡した。内容の確認と契約のため、日を改めて相手先に赴いて打ち合わせをする。

思っていた以上に大きな会社で、大賀はその規模に驚いた。本人は忙しく時間が取れないとのことなので、秘書を通して話を進める。発注は、一箱二つ入りで百五十人分。久々にスーツなど着たせいか、契約書をもらって帰ってきた時には、日が高いにもかかわらず、すっかり一仕事やり終えた気分になってしまった。

「松婆、今日はありがとな」

店でいつもの作業着に着替えて、ようやく一息つく。松婆がまだいてくれるのというので、それに甘えてレジの内側に小豆の袋を持ってきて、豆の選り分けをした。

仕入れ先は父の頃からの付き合いで信頼のおけるところだが、どれだけ豆を揃《そろ》えても多少不揃いは出る。それを自分の目で確かめながら、よくない豆を除《よ》けていく。この作業をやるのとやらないのでは、舌触りが全然違う。他の人から見たら似たような豆だし、無駄な作業だと思われがちだが、決して欠かすことのできないものだった。

「こんにちは」

一知也が顔を出す。

「あら、いらっしゃい。仕事の途中？」

「はい、会社に戻るところなので、ちょっとだけ。この間のお土産、祖母に好評だったんです。すごく喜んでくれて。そのことを伝えたくて」

「ホントかい。そりゃ嬉しいねぇ、大賀」

「ああ」

本当によかった、と内心じんわりしながらも、手元から目を離さずに頷く。一知也が不思議そうに近づいてきた。

「なにしてるんですか？」

「小豆の選り分けだ」

「もしかして一粒一粒分けてるんですか？」

「ああ。触ればわかるから、さほど時間もかからんしな」

「へぇ、そういうものなんですか」

不思議そうに様子を見る一知也に、横から松婆が口を挟んできた。

「大口の注文が入ったから今からやってるのよ。なんたって企業様だからねぇ」

「ここ、会社からも注文受けてたんですね」

「小さいところは時々してる。祝い用を作ることもあるしな」

だが今まで受けてきたのは、数十人規模の地元の会社だ。知り合いの延長のようなものだった。

「それはいいとして、お前、もうちょっと地味になれないか？」

「地味……ですか？」

一知也がキョトンとする。

「芸能人と勘違いされてるみたいなんだ。そういう噂が出てるらしい。この間、客が言ってた」

「ああ、そうなんですか」

さらりとした返事だった。意外な反応に驚く。

「気にならないのか？」

「会えば間違いに気づくから、放っておいて大丈夫ですよ」

あれ？　気にしてない？

「気づくか？」

「ええ」

そうは思えなかったが、一知也はあっさり流すだけだ。

これは一知也にとってよくあることで、気に留めるほどのものではないんだろうか。

そりゃそうか、と思った。男の自分が見てもドキッとする美貌の持ち主なんだから、女の子達が放っておくわけない。今までだって色々あったはずだ。

そうわかっているのに気にしてしまうのは、帰り際に聞いた女子高生達の言葉が忘れられないせいだろうか。我ながら小さなことにこだわってどうかと思うが。

「ま、しょうがないか。もっとシャレた店ならお前も目立たなかったんだろうが、ここじゃあな」

諦めるしかない。

こんな古びた和菓子屋で、ドラマのセットにいるような違和感が出ない方がおかしい。オシャレなカフェとか、ワインバーなら、空気に溶け込ませて隠すこともできたかもしれないが、この店で一知也に目がいかないようにさせるのは不可能だ。

「僕が来るの、迷惑ですか?」

「そうじゃないが」

「じゃあ通わせて下さい。気に入ってるんです。この店の雰囲気も、味も」

そう言われると、「ありがとう」と返すほかかない。

来てくれることは嬉しいが、心は複雑だった。このまま一知也がここに来続けたら、若い女の客とも顔を合わせることになる。いずれ芸能人が誰なのか知りたいから店の前で張り込んじゃおうか、と言い出すミーハーな女子高生にも見つかるのだろう。

一知也を見て、芸能人じゃなかったとガッカリするのならそれでいい。でも、もし逆だったら？

この先、彼を一目見て、好きになる女性も出てくるかもしれない。そうなったら、一知也は多くの女性に囲まれてしまう。

婆達ならともかく、客の間で評判になったら、自分はそれを止めることも、守ることもできない。そして婆達を相手にする時のように、一知也はそれを強く拒むことはしないんだろう。

それでなくても、一知也はいるだけで人の視線を攫《さら》っていく。おまけに愛想もいいとなれば、人が放っておかないのも当然のこと。

頭ではそう理解しているのだが、遠くない未来に繰り広げられるだろう状況と、店の一角でそれを見ていることしかできない自分——その様子をリアルに想像できてしまうだけに、モヤッとした。考えれば考えるほど、どうにも気が晴れなくなる。

「お前、まだ戻らなくていいのか」

「え…」

「忙しいんだろう？　あんまり立ち寄ってるとサボりだと思われるぞ。早く戻った方がいいんじゃないか」

あの女子高生達のような子に見つかるくらいなら、その方がいい。一知也がここにいることを他の人に知られたくなかった。

いっそ店にいる時だけ、一知也を自分にしか見えないようにできたらいいのに。

「そうですね…」

寂しそうな声が聞こえて、大賀はハッとした。

やばい。今、言い方がきつかったのか？　そんなつもりじゃなかったのに……。

「待…っ」

「じゃあ失礼します」

曇った表情が笑顔で掻き消され、声をかけるタイミングを失った。帰ろうとする一知也を追うように、松婆が声をかける。

「またおいで。コレの言うことは気にしなくていいから。客は少ないし、この無愛想のおかげで糊口《ここう》をしのぐ有様なんだから」

一知也がその言葉に笑顔を見せる。けれど、それはどことなく切なげだった。

「来てくれるだけで嬉しいんだよ。本当だよ、待ってるからね」

松婆の声に、一知也はぺこりと頭を下げた。彼が店から出たところで、一知也が来たことを嗅《か》ぎつけた婆達と遭遇している。婆達に見送られて去っていく姿を目で追っていると、松婆が意味ありげにこっちを見ていた。

「なにいじめてるんだい、かわいそうに」

「……」

あんな顔させるつもりじゃなかった。

ただ嫌だったのだ。一知也が自分の目の前で女性達に見つかるのも、それに手出しできない自分も。今までなら、ここにいる間は自分が彼を守る役だったのに。

「俺、そんなに冷たかったか…？」

「まだいたがってただろ。わざわざ来てくれたのに」

あんなことを思う自分が変なんだろうか。

心が狭くなっている気がする。もしかして、守ると言いながら、自分が一知也の傍《そば》に人を寄せ付けたくないだけなのか。

いや、そんなことはないはずだ。これは客に対する店主としての思いやりだ。そうに決まっている。助けに入っていたのも、困っている一知也を見かねたからで、だから——。

「顔、すごいことになってるよ」

呆れたように声をかけられる。どうやらかなりしかめっ面《つら》をしていたらしい。大賀はがっつり皺が入っているだろう眉間《みけん》を、そっと指で伸ばした。

◆◆◆

納入の日。時間を念入りに計算して、その日は夜中に店に入った。いつもより早めに水につけておいた小豆を火にかけて、準備を始める。同時に、尺五寸《しゃくごすん》の角セイロを四段構えにして、餅米の蒸し上げも始めた。

昂太が朝の仕込みを手伝うと言ったが、大丈夫だからと宥《なだ》めて断った。松婆もソワソワしていたが、できることがないとわかっているだけに見守ることに決めたらしい。そのかわり、早めに店番に来てくれることになった。

いつもと勝手が違うことに動揺しないよう、こういう時こそ冷静さが大事だと自分に言い聞かせつつ、着々と準備を続ける。

餅米を蒸し上げ、餅搗機を稼働させて餡作りに入る。量が量だし、浸し時間が心配だったから必要なら小豆を渋抜きしようかと思っていたが、鍋の状態を見る限り、それは必要なさそうだ。

小豆がふっくらと炊き上がったのを確認して火から下ろし、大賀は水気を切った。大量の小豆を冷水に晒《さら》す。小豆の熱と水の冷たさに耐えてから、別の鍋で砂糖を煮とかしたシロップを作り、加熱しながら小豆を慎重に混ぜ合わせる。

もうもうとした湯気の中、作業場に一人きり。

肩は凝るし背骨は痛むし、わずかに頭を下げているせいで首も痺《しび》れて体力勝負だが、立ち続けるのも、商品を作り続けるのも苦にはならない。それはやはり、この仕事が好きだからだと思う。でなければ、苦しい修業時代に逃げていただろう。

一つのことにじっくり取り組めるのも、自分の手で形が出来上がっていくのを見るのもいい。日々改善点が見つかるところは落ち込むが、その分できたものには愛着が増す。

こうしていると、父と大量注文をこなした時のことを思い出す。あの時自分はまだ未熟で、檄《げき》を飛ばされ、熱気で釜茹《かまゆ》でにされながら一心不乱に作った。やっと店から出た時の涼しい夏風。父の晴れ晴れとした顔を見て、自分も早くああなりたいと願ったものだ。

搗《つ》き上がった餅をバットに移して蒸した赤えんどう豆を混ぜると、餡もバットに移し隣に並べる。ようやく準備が整い、大賀は手粉をつけて大福を作り始めた。

喜んでもらえるようにと願いながら、音のない世界で、ひたすら大福を作る。

最初は数を数えながら作業していたのだが、途中から無心になっていたらしい。注文の三百個を作り終えた時には、日はすっかり昇り切り、外も明るくなっていた。

その後どうにか時間内に店用の商品も作り上げる。営業時間と同時に来てくれた松婆の勧めで仮眠を取り、昼、依頼主へ商品を届けに向かった。

車は渋滞に引っかかることもなく、予定通りに到着する。

一階の受付嬢から八階に行くように言われて、大理石の床を歩く。前来た時も思ったが、エントランスは会社と言うよりホテルのロビーのようだった。会社もきらびやかなら、働いている人もみんなオシャレだ。服に気遣いをしているからだろうか。美男美女が多い気がする。

　エレベーターを降りて、方向に迷っていると「こちらです」と男性に声をかけられた。会議室のような場所に通される。商品を置くと、大賀は伝票を取り出した。

「こちらにサインを」

　男は受領の印を書く。

「本日はありがとうございました。また機会がありましたらよろしくお願いいたします」

　伝票を受け取ると、大賀は控えを渡した。それを見て、男は笑顔を向けてくる。

「こちらこそありがとうございます。お疲れ様でした」

　完了だ。

「ではお気をつけて」

　男に淡々と礼をされて、大賀も礼を返した。思いのほかアッサリと終わったが、こんなものなのだろう。とにかく無事に済んでよかった。

　内心ほっとしつつエレベーターに向かうと、後ろから女性達の声が聞こえた。ドアから数人が出てきている。

「届いたみたいだね」

「おいしそう〜」

話の内容に、つい耳が動く。

女性達は店の人間がここにいるとも知らず、楽しげに話している。どうやらこういった品は毎回恒例のお楽しみのようだ。

「今日のはどこのなの？」

「大福なんでしょ。和菓子は久し振りだよね。最近ずっと洋菓子だったのに」

「部長が決めたみたいよ。なんでも取引先から聞いて、特別に取り寄せたんだって。話のネタにもなるしね」

「へぇー」と女性達の声がする。

「それ、もしかしてハスミの桐谷さん？　部長、あの人のこと気に入ってるもんね」

聞き覚えのある名前にドキリとした。

あいつはそういう名前じゃなかったか？　しょっちゅう顔を出して、和菓子の話を楽しそうに聞いては、なぜか自分を――店を褒める男。ロクに用もないのに、何度も何度も店にやってくる、妙に見目のいいあの男。

「そうそう。桐谷さん」

「私も好き。優しいし、なによりかっこいいし！」

「わかるー！」と女性達の声が重なる。

「あの人、結構趣味良いんだよね。有名どころ沢山知ってるし。でも今回のとこは聞いたことなぃなぁ」

「私もだけど、桐谷さんが言ってたくらいなんでしょ。老舗《しにせ》なんじゃない？」

「だねー」

聞こえる会話に、大賀は振り返った。女性達はこちらに気づくことなく、楽しげに固まりながら廊下の奥に去っていく。女性達の明るい声が、大賀のみぞおちに重く届いた。

——なるほどな。

そういうことか、と大賀は心の底で静かに納得した。どうりで突然企業から注文が入ったわけだ。

考えればすぐにわかることだ。名前すらろくに知られてない店が、急に求められるなんておかしい。それも大口の注文。この規模の会社なら、もっと名の通った店を選ぶはずだ。誰かが口添えをしない限りは。

——大手ならでは、か。

有難いことだ。お優しい気持ちで自分を助けてくれたのか。

大賀は失笑した。

なにを思って彼はこんな姑息《こそく》な真似《まね》をしたんだろう。バレないとでも思っていたんだろうか。自分が喜ぶとでも思ったのか。

きっとそうなのだろう。店のことを慮《おもんぱか》ってしたのだ。悪気はなかったに違いない。思いやりのあまり、彼は親切を力で示した。

体の中に、ひんやりとしたものが落ちてくる。それはエレベーターに乗り込んだ後も消えることなく、大賀の中に鈍い光を持って留《とど》まり続けた。


一仕事を終えると、昂太も近所の爺婆も一緒になって喜んでくれた。店にやってきては自分のことのように喜んでくれる婆達に礼を言いながらも、大賀の気持ちは複雑だった。

事実を知っているのは自分だけ。周りには知られていない現実に、軽く失笑する。

「なんだよ、急に。思い出し笑いかい？」

「いや」

松婆に見られてごまかしていると、店の引き戸が開いた。

「こんにちは」

「いらっしゃい」

笑顔になる松婆とは逆に、大賀は一知也から視線を逸らした。なんだろう。この気持ちは。この間とは全く違う。いつもと同じようにショーケースの傍まで来た一知也の顔を、今は見られない。

「こんにちは。お元気でしたか？」

「……ああ」

声は、自分が思った以上に低くなった。一知也の目が戸惑ったようにこっちを見る。

「どうしたんですか？　あまり元気がないようですけど。具合でも悪いんですか？」

「別に」

「疲れてるんだよ。ここんとこ忙しかったからね。若くないから無理がたたったんだろ」

「若いと思いますけど」

「そりゃまぁ三十は私からしてみりゃ赤子同然だけどね。体は若くないから」

「松婆」

大賀は窘《たしな》めるように口を挟む。

「でもまぁ、この子は昔っから老《ふ》けてたからねぇ。ようやく顔と年齢が合ったって感じかねぇ」

「松婆っ」

かんらかんらと笑う松婆を、さっきよりも大きな声で止めた。大して気にも留めてない様子で、松婆はおやおやと一知也に目配せする。

今日は松婆の軽口に付き合う気になれない。黙っていると、松婆が「大丈夫だよ。いつものことだから」と一知也に声をかけていた。

横目でその様子を眺めると、ホッとしていた顔の一知也と目が合う。視線が重なって、嬉しそうに微笑まれた。微笑むのは、この男の癖だ。良い癖なんだろうが、今見るのは少しキツかった。一知也の態度が変わらない分だけ、心に澱《おり》が溜まっていく。

それは彼に、少しも罪悪感がないからだ。悪いことをしたなんて、これっぽっちも思ってないから。

大賀は小さく息をついて、一知也に声をかけた。

「話がしたい。少し時間いいか？」

「あ、はい」

「ちょっと来てくれ。松婆、少しの間頼む」

一緒についていきたそうな顔をしてこっちを見ている松婆に言い残して、一知也と一緒に店を出る。

「いつもどっちから来てるんだ？」

「こっちです。駅に向かって」

「そうか」

どうでもいい会話で場を繋《つな》ぐ。立ち話も落ち着かないので、大賀はその方向に歩き始めた。不思議そうな顔をしながら、一知也が後をついてくる。

大賀は歩きながら和帽子を取った。それでも外に出ると、白衣に前掛け姿は目立つ。「話ってなんですか？」という一知也に、大賀は店から充分離れたところで名刺を見せた。

「この会社、お前の取引先だよな？」

一知也が名刺を覗《のぞ》き込む。

「ああ、はい」

それがなにか、と言わんばかりの顔だった。

「先日ここから大口の仕事が入ったんだ。お前のおかげだ。ありがとう」

「いえ、そんな」

一知也が謙遜《けんそん》するように手を振る。

「だが、こういうことはもう止めてくれ。迷惑だ」

「え…」

一知也が固まった。

「周りに店を宣伝してくれなくていい。気遣いで買わせるような真似はしてほしくないんだ」

「僕はそんなこと…！」

「わかってる。取引先に店の話をしただけなんだろ？　けどお前がすれば、それは結局、企業の名をちらつかせたのと同じじゃないのか」

自分の目つきが厳しくなっているのかもしれない。目が合って、一知也の視線が揺らいだ。

「そうでもなければ、店の味も知らないのに大量発注はしない。そうだろ？」

「大賀さ…っ」

「俺はお前のおこぼれに与《あずか》る気も、施しを受ける気もない」

ピシャリと声に叩かれて、体がビクッと震えた。

「俺の言ってること、わかるか」

無言のまま視線が落ちる。

「色々と気を回してくれるのは有難いが、こういうのは困るんだ。それが親切心なら、尚更」

厳しくなった声に、一知也の瞳が大きく動揺した。

俯き、唇を噛《か》みしめる。

「……すみません」

「二度とこんなことはしないと誓ってくれ。じゃないと店には上げられない」

力なく、一知也が頷く。

一知也だけが悪いとは思わない。宣伝のような真似をしたのも、きっと良心からしたことで──だからこそ、自分の無力さを見せつけられたようで辛《つら》かった。

店の危うさは否定しないが、どんな理由があったにせよ、こういうやり方は歓迎できない。人情で支えられているからこそ、人に押し付けるようなものであってはいけないのだ。

「他の人は、もうこのことを…？」

「いや、俺だけだ。悪いが、このことは他に言わないでくれ。松婆は本気で喜んでたんだ」

契約書を交わしてから、よかったねぇと何度も言われた。その時の嬉しそうな顔を思い出す。松婆のことだから、このことを知っても「なんであれ、仕事がもらえたんだからいいじゃないか」と明るく言うだろう。でもほんの少し、店が認められたのではなかったことをさみしく思うかもしれない。

そのくらいには、松婆は店を大事に思ってくれている。だから尚のこと隠してほしかった。松婆を悲しい目には遭わせたくない。

同じくらい、職人としてのプライドも譲れなかった。

小豆の選り分けをしないで作れと言われても断るように、商品がいいか悪いかもわからず発注をかけられることも屈辱なら、自力ではああいった仕事を取れるわけがないと思われていたことも屈辱だ。デリカシーのない行為だとしか言いようがない。

彼なら嬉しいんだろうか。頑張って取ったと思っていた契約が、売上に協力するよう陰で他の人から根回しされていたものだとしたら。

そんな情け、自分なら願い下げだ。藁《わら》に縋りたい気持ちもなくはないが、そんなものに甘えたら自分がダメになる。自分がダメになるということは、店もダメになるということだ。店を守るのは自分しかいないのだから。

どうして一知也はこの気持ちを想像できなかったのだろう。自分の仕事を褒めてくれたのは、他ならぬ彼だったのに。

俯く一知也を見ていると、こっちが泣きたくなってくる。胸が苦しくなって、大賀は視線をよそに向けた。目の前に歩道橋が見える。駅はもうすぐだ。

「話はそれだけだ。時間取らせて悪かったな」

小さく首を横に振られる。力ない姿だった。少しばかりかわいそうな気がして、なにかを言おうとしたが、結局言葉を見つけ出せず「じゃあな」と伝えた。

踵《きびす》を返し歩きながらも、後味の悪さが残る。振り向くと、一知也がまだ動かずにそこにいた。

つい見続けてしまう目をむりやり引き戻して、大賀は店に向かった。

◆◆◆

「どうしたんだろうねぇ…」

長椅子に座る松婆は、入口を見ては溜め息をついている。このところよく見る光景だ。

「忙しいんじゃないか？」

「でも今まで週二回は必ず来てくれてたじゃないか。こんなに来ないなんて心配だよ」

「心配しなくても普通に生活してるだろ。大人《おとな》なんだから」

あの日から、一知也は店に顔を出さなくなった。

来づらいのだろう。来るなとは言わなかったが、また来てくれとも言わなかった。足が遠のく気持ちもわからなくはない。

「そうは言ってもねぇ。ねぇ、ちょっと連絡してみておくれよ」

「そんなことできるわけないだろ」

「だってねぇ、一知也ちゃんの笑顔が見れないとさみしくて。こう…気力も湧かなくなっちゃうよ」

「嘘《うそ》つけ。んなもんあまりまくってるだろうが」

「どこがだい、萎《しお》れてるのがわかるだろ。老い先短い人間がこんなに悲しんでるのに、かわいそうだと思わないのかいっ」

松婆がここぞとばかりに詰め寄ってくる。どこか「萎れる」だ。「干からびる」の間違いだろう。それは年齢的な問題で、一知也のこととは関係ない。こんなに喋れて気力がないなんて、どの口が言うんだ。思いきり元気じゃないか。

「あのな、松婆」

反論しかけたところで、ガラッと戸が開いた。近所の婆達が顔を出す。

「おや、今日も来てないのかい?」

松婆は仲間を見つけて駆け寄った。

「そうなんだよ~もう心配で心配で。なのにこいつったらこの気持ちを少しもわかってくれないんだよ。ちょっと言ってやっておくれよ」

「ちょっとあんた、なにかしたんじゃないだろうねっ」

「そうだよ、したんだろ。なにやったのさっ」

「言っとくが、会社員が平日昼間にひょいひょい来る方がおかしいんだよっ」

そうは言ったが、「呼んでくれ」「連絡してくれ」の大合唱だ。そんな迷惑になることできるかと言っても、聞きやしない。

一知也が来なくなってから、ずっとこの有様だ。短い間しかいなかったのに、一体あいつはどれだけ愛されているんだろう。

そりゃまぁ、自分もちょっと言いすぎたのかもしれない。同情されたも同然の行為に、カッとなったのは否定しない。

でも、あいつもあいつだ。ちゃんと話を聞いていたんだろうか。自分は「二度とこんなことはしないと誓ってくれ」と言ったのだ。

あれが善意でしたことなのはわかっている。ミスぐらい誰だってするんだから、「もうしない」と言って戻ってきたらいいだけじゃないか。そうしたら、自分は今まで通り受け入れるのに。

今みたいに、向こうにまた店に来る気があるのかわからないままじゃ、怒った手前、自分から会いに行くこともできやしない。間違ったことをしたつもりはないが、本当は自分だってヤキモキしているのだ。なのにこっちの気も知らず、婆達ときたら。

「いい加減諦めろっ」

怒鳴っても大合唱は続く。あまりのうるささに大賀は耳を塞《ふさ》いだ。


婆達の大合唱は、その後も続いた。責められっぱなしで正直グッタリだ。家に帰ったら帰ったで、昂太にまで「ハンサムさん、来なくなっちゃったんだって?」と言われ、更に疲れが増した。

そしてまだ、くたびれた体に追い討ちの日々が続いている。婆達は口を開けば「目の保養がなくなった」「私らの楽しみを返せ」と一知也のことばかり。それを超えると、「無愛想」だの「態度が悪い」だの「愛らしさがない」だの、こっちに矛先が向いてきた。

そういうこと言ったらダメだと前に一知也から言われなかったか? と思うが、それを口にしたら、騒ぎがよりひどくなるのだろう。そんな言葉使ってるとあいつが悲しむぞ、と思いながらも言い出せず、今は我慢比べをしている状態だ。

一体自分にどうしろと言うんだ。謝りに行けとでも言うのか。でも言い方はともかく、言ったことについて謝る気はないし、一知也の家も知らない。

「うるさい、諦めろって言ってるだろっ」

毎日のようにやってくる婆達を、大賀はその日も追い払った。このところ言われすぎていて、婆達が口を開くと反射的に睨むようになってしまっている。もっとも、そんなことで怯むほど彼女達は生易《なまやさ》しくはない。あの手この手でまた言ってくるに決まっている。

ガラッと戸が開いて、大賀はまた来たか、とギッと顔を向けた。入ってくるスーツ姿の男に、無意識に戦闘態勢に入っていた肩の力が抜ける。

「いらっしゃいませ」

四十歳ぐらいだろうか。穏やかそうな男は、物珍しそうに店内を眺めながら近づいてきた。上品な雰囲気を身に纏《まと》ったまま、じっとショーケースの中を見つめている。しばらくして腹を決めたらしく、すみません、と声がかかった。

「豆大福と三色団子を四つずつ。あとこの菊花《きっか》を二つ下さい」

「はい」

男は店内をゆっくりと見回す。

「風情があっていい店ですね」

ぽつりと、そう言った。

「こんなところに店があったんですね。長いこと知らなくて」

「そうでしたか。来て下さってありがとうございます」

「実は人から教えられたクチで。今日も迷いながら来たんですよ。あまりにも知り合いがハマってるもんだから、気になってね。いざ食べてみたらおいしくて、もう驚いて」

大賀は顔を上げた。ノリの利いた服に身を包んだ男からは、偽物じゃない上流の匂いがする。

「これは家族にも食べさせてやらなきゃと思って来たんです。前は仕事で注文したので、家族の分がなくて。うちのは甘党なんで、おいしいものを教えないでいたら怒られますからね」

「そう…ですか」

もしかして、この人が発注した本人なのか？

てっきりあの場限りのことだと思っていただけに、まさか店に来るとは思わなかった。

「ところでここのご主人は？」

「私です」

「え、そうなんですか」

男は驚いたように目を丸くした。

「随分お若いですね。もっと年配の方がなさっているんだとばかり…」

「作り方は祖父の代から変えてませんから、それではないでしょうか」

「ああ。やはり。懐かしい味です」

「ありがとうございます」

大賀は商品を紙箱に収め、袋に入れた。

それを嬉しそうに受け取る男を見ながら、大賀は不思議な気持ちになった。彼は仕事のために無理やり買ったようには見えない。押し売りされたようにも、一知也を気遣ったようにも見えなかった。

もしかして一知也は、店を勧めるような真似はしていなかったんだろうか。ただ自分の好きなものを、話のついでに口にしただけで。

「じゃあまた」

「あの！」

店を出て行こうとした男が、大賀の声に振り向く。

「今の話、この店を教えたのは…」

顔はすぐ出るのに名前が出てこない。大賀は急いで、カウンター側の引き出しから名刺を探し出した。目を走らせ、真っ白になった頭に名前を刻む。

「桐谷一知也さんですか？」

「ええ。そうです。よくわかりましたね」

男は笑った。

「彼、勿体ぶって、どれだけ聞いてもここのことなかなか教えてくれなかったんですよ。また来るって伝えておいて下さい」

からかうように言われて、大賀はなにも返せなかった。戸が引かれて、慌てて「ありがとうございました」と声をかける。

言おうとしなかった…？

確かに男はそう言った。それが本当なら、なぜ一知也はあの時言い訳しなかったんだろう。本当のことを言えば、自分だってあんな風に言ったりしなかった。

自分が矮小《わいしょう》さを見せたからか？

彼はあの時初めて、なにがあったのか全てを知らされたのだ。なのに自分は、その彼の前で、一知也の差し金だと勘違いして非難した。自分の行動がこちらのプライドを刺激したとわかって、一知也はあれ以上なにも言えなくなったのだ。

大賀は帰り際に目にした、俯いた姿を思い出した。

あの時、一知也は泣きそうな顔で地面を見ていた。いつも笑っていた男があそこまで悲しそうな顔をしていたのに、自分は声もかけてやらなかった。

疑われてどんな気持ちだったんだろう。思い出したらたまらなくなって、大賀は和帽子の上からグシャグシャと頭を掻いた。勢いで帽子が床に落ちる。

「ああもうっ、言えよ、そういうことは…っ」

言えなかったのは、自分が怖かったからだろうか。そんなにも怖がらせていたのか。ひどいことを言った。みっともなかったのは自分だ。

「悪かったよ……」

届かない声を、大賀は店の中で漏《も》らした。

◆◆◆

悩んだ末、大賀はその日店を終えてから、名刺を頼りに会社に行った。目の前で見ると、思っていた以上に大きいビルだ。エントランスは半分ガラス張りで、スーツを着た男女が行き交うのが見える。洗練された姿は、どことなく一知也と似ていた。

しばらく入口が見える場所で待っていたが、人の出入りが多くて全く見つけられなかった。できれば偶然を装いあっさり終わらせたかったが、これでは出会うことすら難しい。

二時間近く待つと、自分でも効率の悪さを感じてきた。

自分を愚直だと言ったのは弟だったか。即断即決が信条とはいえ、さすがにこれは自分が間違えたという気持ちになってくる。

まだ彼が会社に残っているのかもわからない。

呼び出すほどのことじゃないと思っていたが、仕方ない。大賀は受付に向かった。が、誰もいない。もう退社したらしい。

「まいったな…」

課がどの階に入っているのか表示はあるものの、アポもなく入っていいとも思えない。外で待つしかないのかと諦めかけていると、女性が声をかけてきた。

「なにかご用ですか？」

スーツを着た綺麗な女性だった。

「すみません、桐谷さんがまだ会社にいるかわかりますか？」

「お約束ですか？」

「いえ、そうじゃないんですがお会いしたくて」

上手く言えずにいたが、女性はそれ以上追及しなかった。

「桐谷ですね。所属はおわかりになりますか？」

「あ、えと……」

名刺を取り出すと、女性はそれを見つめた。

「第三事業本部の桐谷ですね。少々お待ちいただけますか？」

そう言うと、女性は受付の電話でどこかに連絡した。二言三言話をしてからこちらの名前を聞かれる。答えるとしばらく話したのち、女性は電話を切ってにっこりと微笑み、右手を示した。

「お待たせしました。今こちらに参りますので、あちらのロビーでお待ち下さい」

「ありがとうございます」

礼を言って、女性と別れる。一応まともに見える服を着てきてよかった。じゃないと相手にされなかったかもしれない。

しばらくすると、エレベーターの音がして、数人が出てきた。その中の一人がキョロキョロと辺りを見回している。その人物は自分を見つけると、まっすぐこちらに向かって駆けてきた。

「和菓子屋さんっ」

立ち上がると、「どうぞ座って下さい」とソファーを勧められた。一知也が向かい合って座る。ジャケット姿に驚いたらしい。若干目が丸くなっている。

「もしかしてと思ったけど、やっぱり和菓子屋さんだったんですね。どうしたんですか？こんなところまで」

「いや、まぁこの近くにちょっと用があって」

言いながら、どんな用だと内心自分で突っ込んでしまった。会社が閉まっている時間に、この言い訳はない。

「お前に会いに来たんだ」

ごまかしは諦めて、大賀は正直に言った。

「僕に？」

「ほら。前に大口の受注の件でお前のこと怒っただろ」

「はい…」

あの日のことを忘れていないのだろう。一知也の顔がわずかに強張る。

「あれは俺の間違いだった。悪かった」

膝に手をついて頭を下げると、一知也が慌てた。

「和菓子屋さん、なにを…っ」

「全部俺のせいだ。お前を責めてすまなかった」

「いいんです、気にしてませんから。頭を上げて下さい。お願いしますっ」

懇願されて、大賀は六十度になっていた上半身を起こした。

「これ、詫《わ》びの品ってわけでもないが食べてくれ」

包みを渡す。印刷されている店のマークを、一知也はじっと見ていた。

「あと、できればでいいんだが、もし時間があればこれからも店に顔を出してくれないか。松婆がお前に会いたいって騒いで大変なんだ。他の婆さんも……」

「おばあちゃん達が？」

「ああ。耳にタコができるくらい、お前に連絡しろって言われてる。いつの間にファンクラブ作ってたんだ？　俺は気づかなかったぞ」

想像できたのか、一知也が笑った。

「わかりました。時間ができたらぜひ」

「用件はそれだけだ。忙しいところすまなかったな」

じゃあ、と立ちがると「あのっ」と声をかけられた。

「よかったら、これ一緒に家で食べませんか？」

「一緒に？」

「一人で食べるのも味気ないし、沢山ありますし……」

そうはいっても、そのためだけに家までついていくのも変だろう。一人暮らしでも冷蔵すれば食べ切れる量だ。

「まだ仕事があるんじゃないのか？」

「仕事は一段落ついてるんです。よければ、今支度《したく》してきますから」

一知也はそうしてほしいらしい。切望している気持ちが伝わってきて、大賀は困った。

店の商品を自分で食べると言うのもどうなんだろうと思うが、悪かったのは自分だし、謝りに来た手前、無下に断るわけにもいかない。悩んだ末了承すると、一知也がパッと笑顔になった。

「少し待っていてもらえますか？　すぐ戻ってきます」

「ああ」

善は急げとばかりに、一知也は早足でエレベーターに向かっていく。変なことになったなあと思いつつ、大賀はその後ろ姿を眺めていた。

思ったよりも早く、一知也は戻ってきた。よほど急いだんだろうか。コート片手にやってきた一知也の髪は、軽く乱れていた。

一緒に駅に向かう。私服で一知也と並んでいるのは変な気分だった。自分までサラリーマンになった気分になる。

サラリーマンになっていたら自分はどうなっていただろう。想像がつかない。

なりたいと願ったこともあったが、自営業の親を持つ自分に職業選択の余地はなかった。店のことは気にするなと言われて、その通りにできる人がどのくらいいるのだろう。継いでほしいに決まっている。なにより自分も、父の代で店を終わらせたくはなかった。

結果的に、自分の行動は店を救った。

他店での勉強と父の教えを受けていなかったら、両親を亡くした時に店も終わっていただろう。自分の腑甲斐《ふがい》なさを日々痛感しながらも、こうしてなんとかやっていけているのは、あの頃の修行の成果があるからだ。

一知也の家は会社から二駅。思った以上に近かった。随分高級なところに住んでいるんだと驚いたが、通勤時間が勿体ないという理由らしい。

駅近のマンションはそれなりに立派で、大賀は思わぬ豊かさを見せつけられた気がした。

「どうぞ」

鍵を開けて、一知也が中に招き入れる。入ると、ふわりと他人の家の匂いがした。男特有のムサい感じはしない。どちらかというといい匂いだ。本人の匂いにも似た爽やかなグリーンのような、洗い立ての洗濯物のような……けれど、ちゃんと生活の香りがする。

1DKのようだが、室内は見渡しがよく広かった。3DKの自分の家と、広さがさほど変わらないように見える。家族で暮らしていたあのあばら家は決して広くないが、自分が修行中は一時寮生活、今は弟と二人暮らしなこともあって、さほど不都合なく暮らせていた。

一知也は上着を脱いで、キッチンに向かう。

「和菓子屋さんは座っていて下さい。お茶でいいですか?」

「ああ」

袖捲《そでまく》りをして、用意をする。大賀は勧められた通り、ソファーに座った。準備をしていた一知也が、なにかに気づいたようにこっちを見る。

「和菓子屋さん、夕食食べましたか?」

「いや」

「そうですよね。じゃあなにか……と言っても物がないし。すみませんが、お茶飲んだらいったん外に」

「ホントになにもないのか？」

気になって、大賀は一知也の傍に向かった。冷蔵庫を閉めかけていた一知也は、中を見せる。使いかけの野菜がいくつかと、缶ビールとボトルの水。それなりの調味料。確かにどうにもならない感じだ。

納得しながら冷蔵庫を閉じると、足元に乾麺《かんめん》が見えた。

「なんだ、あるじゃないか」

お中元だろうか。和紙に包まれた蕎麦《そば》を取ると、一知也は小さくまたたいた。

他に適当なものも見つからず、容量もピッタリだったので、夕食は蕎麦にすることにした。幸いネギも、やや弱ったほうれん草もある。

「そういえば、実家から送られてきた物の中にソレ入ってた気がします…」

持っていたことも忘れていたらしい。一緒にキッチンに立ちながら、一知也はボソリと言った。

「へぇ、いい親御《おやご》さんだな」

「結構好き勝手にやらせてくれてるんですけど、食事のことは気にしてくれますね。和菓子屋さんのところは？」

「俺のところは亡くなってるから」

一知也の顔色が変わった。申し訳なさそうに俯く。

「すみません」

「いいさ。五年前に事故でな。二人仲良く逝《い》っちまった」

「それは大変でしたね…」

「そうでもない。店のことは親父から教えてもらってたから問題なく引き継げたし、金もどうにかなったしな。周りが随分助けてくれたおかげで、店も生活もさほど混乱せずに済んだ。……ところで和菓子屋さんって止めないか？」

「あ…。でもどう呼べば」

「大賀でいい。大きいに賀正の賀って書くんだ」

「大賀……さん」

呼ばれて、少し耳がくすぐったくなった。

「なんかおめでたそうですね」

「いいだろ」

自慢すると、一知也は「はい」と笑った。

「ところで、あの……それ変わりましょうか」

ネギを切る手際が悪いことが気になっていたらしい。ザック、ザリ…とさっきから出ていたアンバランスな音が引っかかったのだろう。

「……頼んでいいか？」

「はい」

交代する。一知也の方がリズミカルだった。スピードはさほど速くないものの、トントンと調子良く音がする。

「包丁苦手だなんて意外ですね」

「和菓子だと、刃物は鋏《はさみ》くらいしか使わないんだよ。棒なら慣れてるんだが。家事は弟に任せっきりだし」

恥ずかしいところを見られて、つい言い訳をしてしまう。一知也が笑いをごまかしているのがわかって、またそれに言い訳をしたりする。男二人、一人暮らしにしてはゆとりのあるキッチンに立ってああだこうだ言っている間に、蕎麦が出来上がった。

テーブルに持ってきて、一緒に食べる。

こうやってテーブルに向き合っていると、今までとは違う親密さを覚える。近い距離感に内心ちょっと戸惑いつつ、二人で蕎麦を口にした。

「意外といけますね」

「だな」

味付けに苦労したわりには、よくできている。ダシの利いた湯気が、ほわりと肌をあたためてくるのもいい。

たまに話しながらも、お互い蕎麦を食べる。交わす言葉は少なかったが、話をしなければと気負うこともなく、落ち着いて食事ができた。

店を一人で切り盛りしているせいだろうか。一人でいることに慣れていて誰かといると存在が気になる質《たち》なのだが、さっきからあまり気になっていない。

穏やかな雰囲気のせいか、二人きりでも居心地は悪くなかった。

かといって、一知也に存在感がないわけではない。存在感はかなりあるが、それが邪魔になっていないのだ。

だからなのか、必要以上に気も張ることもない。深い馴染みでもない相手の家にいるのだから、もっと緊張してもおかしくないのだが、思いのほかリラックス……というか、場に馴染んでいる自分がいる。

――嫌いじゃないな。こういうの。

結構安らぐ、と思って、大賀はふと昔母が言っていた言葉を思い出した。

親父と家でも店でも毎日顔を突き合わせてよく飽きないなと言った時、母は「だって父さん、傍にいないと寂しがるから」と笑っていた。父は仏頂面で言い返していたが、母はそれを見て、また楽しそうに笑っていた。

あの時感じた夫婦のわかり合えているような雰囲気に、今の空気は少し似ている気がする。

誰もが願う幸せな家庭は、こんな感じなのかもしれない。

――俺もこういう女を見つければいいのかな。

男相手でもこういう気分を味わえるのだから、女性と一緒になればきっともっといい感じになるはずだ。だから男は、それなりの年齢になると家庭が欲しくなるのだろう。こんな風に穏やかに暮らしていきたくて。

「……」

「どうしたんですか？」

「なんでもない」

男相手に家庭の幸せを感じてどうすんだ、と一人突っ込みしつつ、大賀は浮かんだ考えを掻き消した。

腹八分目で蕎麦が終わり、食休みついでに食器を片づけてから、一知也が皿を用意した。新しくお茶も入れ直してくる。

「じゃあ、いただきましょうか」

そういえば、これが元々メインだった。

紙箱を開けると、一知也の目が嬉しそうに輝く。

目は口ほどに物を言う、がリアルだ。子供みたいだな、と思った。感情が全部目に出るから、傍で見ていてわかりやすい。

「すごい、綺麗ですね」

持ってきたのは一口サイズの上生菓子だった。柿に紅葉《もみじ》。桔梗《ききょう》、梅花、と四季を感じられる秋の風物詩が並ぶ。

「猫がいるんですけど……。あ、うさぎも」

「作ってみた」

「かわいいです」

「どれにする？」

「どうしよう。猫……かわいそうかな、いや、猫で」

丸くなって眠っている形の猫が気に入ったらしい。勧められて、大賀は紅葉を取った。

「いただきます」

食紅で描かれた顔を眺めながら、一知也は練り切りを口にする。ほろっと溶けて、口の中に吸い込まれていくのが見えた。綺麗に並んだ白い歯が見えて、目がそこに吸い寄せられる。

「おいしい……どこか懐かしい味ですね。あれ？　これ栗《くり》入ってます？」

「ああ」

聞かれて、少し驚いた。栗は隠し味程度にしか使っていない。わかるとは思わなかった。

どうやら味覚が優れているらしい。

その間にも、一知也はまたうっとりと口をつけている。

幸せそうに食べるなぁと眺めていると、目が合った。見惚れていた自分に気づいて、大賀は慌てて視線をごまかす。

「ホントに甘いもん好きなんだな」

「好きですね。和菓子も洋菓子も。本当は毎日食べたいくらい」

毎日作っている自分でもそれは嫌だ。大賀は苦笑した。

「だったら、コンテストの審査員になればよかったのにな」

「コンテスト？　和菓子の？」

「そんなのあるんですか？」とまたたかれる。

「ああ、沢山あるぞ。プロ、アマ、和菓子洋菓子規定も様々で。再来月の菓子コンテストは、指定された食品を使って作品作るってヤツで、俺もそこのプロ部門に毎年参加してるんだ。ものによっては、審査員に交じって一般の人達も食べ比べて投票できるのもある」

「へぇ、いいなぁ。やりたい」

羨《うらや》ましそうな声に、ついつられた。

「じゃあ、俺の試食してみるか？」

「いいんですかっ？」

一知也の声が弾んだ。

「ああ。そのかわりと言っちゃなんだが、感想聞かせてほしい。婆達じゃ頼りにならなくて」

「喜んで！」

「じゃ、携帯教えてくれ」

こっちも助かる。

「はいっ」

二人で携帯電話の番号を交換し合う。

菓子は見た目も評価のポイントだから、センスのありそうな一知也が手伝ってくれるなら

「試作できたら電話するよ」

「ありがとうございます。楽しみですっ」

そこまで期待されるほどのものじゃないのだが、菓子好きなだけあって待ちきれないほど嬉しいらしい。満面の笑顔で次の菓子を選んでいた一知也は、ふと顔を上げた。

「この猫とうさぎも、大賀さんが考え出したんですよね？」

「ああ。たまにやるんだ。まぁ遊びだな」

「へぇ」と一知也はうさぎを選び、キスするように口にする。

「なんか、かわいいですね」

「こういうの、好きそうだと思ってな」

「そうじゃなくて。これを作ってる時の大賀さん」

やわらかな声につられて顔を上げると、

「真剣で、すごくかわいかっただろうなと思って」

「！」

臆面《おくめん》もなく、笑顔で言われる。人には絶対見られたくない姿のことをあっさり口にされ、おまけにいそいそとこれを持ってきた自分まで辱められた気がしてしまい、大賀は味わうことも忘れて、自作をむりやり一口で呑み込んだ。

その後、むせた状態を助けてもらいながらも話を切り上げ、大賀は帰ることにした。一知也は残念がっていたが、なんだか自分の方が落ち着かなかった。あの後、一知也の自分を見る目が妙に優しく見えていたからかもしれない。外まで見送られて帰ったその日は、なぜか一日中気恥ずかしかった。

自分から言った手前、いつもより少し早いが、翌日から大賀はコンテストの準備を始めることにした。

松婆に不思議がられながら試作を始めて、一知也に連絡したのは二週間後。一知也がやってきたのはその翌日だった。営業を終えた店に顔を出した一知也を、昂太が笑顔で出迎える。

「いらっしゃい。初めまして。俺、弟の昂太です。よろしく」

「弟さん？」

頭を下げられて、一知也が目を丸くした。

「似てないって言いたいんだろ。先に言っておくが血は繋がってるぞ」

「俺、母親似なんです」

「あぁ」

昂太が細身の女顔だからだろうか。妙に深い納得をされる。

「悪いな。うるさいのがくっついてきて。どうしても来るって言って聞かなくて」

「だって兄ちゃんだけ会うって言うからさ。俺ずっと会いたいって言ってるのに」

「僕にですか？」

「うん。貴重な兄ちゃんのファンだし。俺、話聞いてる時から気が合いそうだなと思ってたんだよね。会ってよかったよ。想像通りって感じ……」

言いながら、昂太はじーっと一知也を見つめる。不躾な視線を注意すると、しばらくしてから急に満足げな顔になり、これ以上ない笑みを一知也に向けた。

戸惑っている一知也に謝って、大賀は「ほら、やるぞ」と二人を長椅子に座らせる。

「で、試作なんだが」

「これだ」と二人の間に出したものに、昂太の目が一気に渋くなった。

「兄ちゃん、本気でやってる？」

「試作だって言っただろ！　いいんだよ、形は。まずは味を見るんだからっ」

「えー。それ超言い訳」

皿の上に一列に並んだ丸い形の餡を、一知也は興味深そうに見ている。ピンポン玉サイズの黒の玉が五つ。白の玉が五つ。それに平べったい餅の皮が用意してある。

「これ、全部味が違うんですか？」

「ああ。今回メープルシロップを使うんだが、その配分を変えてある」

「へぇー」

「ま、食ってくれ。じかに食べるのと、餅で包むのを食べ比べてほしい」

「はい」

二人が黒文字で餡を分け合う。大賀は籐の椅子を持ってきて二人の斜め前に座り、食べる姿を眺めた。

「どうだ？」

「おいしい…！」

一知也が目を輝かせる。

「餡ことメープルシロップって意外に合うんですね。洋菓子のものだとばかり思ってました」

「和菓子は蜂蜜《はちみつ》と合うからな。メープルもそれなりに合うんだ。焼き饅頭《まんじゅう》系か上生菓子か悩むところだが。焼いた方が使いやすいし合うが、俺は焼き菓子は得意じゃないからな。かといって上生菓子だとメープルが強く出すぎる。……配分だな。やっぱり」

二人は「こっちはメープルが強いかな」「これ微妙」と感想を言い合いながら、餡を摘《つま》んでは食べている。その後昂太がお茶を入れて、ああでもないこうでもないと会話に花を咲かせた。気づけば違う話になっているが、それはご愛嬌《あいきょう》だ。

一通り食べ終えてから、大賀は腕を組むと二人に顔を寄せた。

「で、甘さはどれがいい？」

「これですね」

「俺、これ」

二人同時に違うものを選ぶ。大賀は小さく唸《うな》った。


途中からただのお喋り会になってしまったので、試食は一時間半でお開きにした。

一知也の手土産にと取り分けておいた菓子を作業場に取りに行く。戻ってくると、一知也がいなかった。洗い場にいたはずの昂太も消えていて、綺麗になった食器だけが置かれている。トイレにもいない。

不可思議に思いながらも長椅子に座り、待ち体勢に入ったところで、ガラッと店の戸が開いて二人が戻ってきた。

なぜか昂太はウキウキと軽快に、それに続く一知也は、どことなく落ち着かなげだった。

心なしか足取りもぎこちなくなっている。

「どこ行ってたんだ、二人して」

「ちょっと外でお喋り」

昂太が弾んだ声で答える。

「今日ホント来てよかった。俺、一知也さん大好きになっちゃった」

「？　まぁいい、帰るぞ。準備しろ」

「あ、俺いい。友達と約束できたから。一知也さん送ってあげてよ」

「そりゃ送るけどな」

「うん、じゃあよろしくー」

にっこりと微笑むと、昂太は一知也の肩をポンと叩き「頑張って」と声をかけた。一知也の顔が一気に色づく。

「俺は味方だから。兄ちゃんお買い得だよ。ちょっと頑固でめんどくさいけど、マジメだし」

「お前はなに言ってるんだ？」

なにか買ってほしいものでもあるんだろうか。突然無意味な持ち上げをされる。しかも、褒めているのか貶《けな》しているのかわからない。

「仕事もちゃんとするし。ま、年のわりに爺むさいけど」

「ちょっとお前とはじっくり話し合わないといけないみたいだな」

こっち来い、と笑顔で手招きする。昂太が「ごめんって」と逃げながら一知也を見た。

「今度うちにご飯食べに来てよ。ね、約束っ」

「なに勝手に決めてる」

「いいじゃん。絶対来てよねっ」

「あ、こらっ」

言いたいことだけ言うと、捕獲の手をひらりと躱して、「じゃあねー」と妙に明るく店を出て行く。

「なんだありゃ…」

一方の一知也はというと、顔を赤くして俯いたままだ。

「なんのことだ？　味方って」

一知也が恥ずかしそうに、ますます俯く。なんとなくこれ以上触れてはいけない気がして、大賀は「帰るか」と声をかけた。

「どうせあのバカが余計なこと言ったんだろ。すまないな」

「いえ…」

店の裏手にある駐車場から、車を発進させる。店名の入った白のバンの中、手土産を膝に乗せている一知也の頬《ほお》は、まだ少し熱そうだ。

——ったく、あいつめ。勝手なことして。

あんなに行きたいとせがんでいたくせに。最初から送るつもりだったからいいが、三人で帰ると思っていただけに、軽く騙し討ちにあった気分だ。

「つまらんことしたら、俺に気兼ねせずガツンと言ってやってくれ。あいつ、ちょっとやそっとじゃ応えないからな」

ホントにとっちめてほしかったのだが、優しく微笑まれるだけだ。隣からうっすらと爽やかな匂いが漂ってきて、大賀は自分をごまかすように首に手をやった。

——参るなぁ。

空気が振動するたびに鼻をくすぐられて、余計匂いに敏感になってしまう。

車内は昂太がいた時とは全く違う空間で、正直落ち着かなかった。静けさが息苦しくて、あの無駄に明るい声が欲しくなる。

「昂太君」

ふいに口を開かれてビクッとした。

「すごく鋭いんですね。驚きました」

「あ、ああ。勘が働くっていうか、鼻が利くみたいだな。たまに爺婆にもそう言われるよ。

俺には全然わからないんだが」

「年も離れてて」

「十四違うからな。おかげで俺は父親目線だ。まぁ自然とそうなるよな、ここまで離れてると」

「仲もよくて」

「普通だろ？」

「いいですよ。それに二人とも似てます」

「そうかな」

「似てますよ。なに言ってても、大好きなんだなぁって伝わってくるし」

そうだろうか。貶されてばっかりだったが。と思っていると、一知也が嬉しそうに口元を緩めた。

「大賀さんもそうですよね。おばあちゃん達のこと色々言うけど、悪く聞こえない。むしろあったかい感じがして、いいなって思います」

「嘘つけ。こないだ婆達とのやり取りにビックリしてたじゃないか。割って入ってきたし」

「あれは…っ」

勢いよく振り返って、一知也が俯いた。

「大賀さん、一方的に言われてたじゃないですか。あんなのは、ダメです。魅力がないなんて、そんなの絶対違うし……」

一知也にとってあれは聞き逃せないことだったらしい。そのまま黙られてしまい、なぜかちょっと気恥ずかしくなってしまった。嬉しいのかなんなのかよくわからない気持ちをごまかして、わざと明るく声をかける。

「そうだよな、あれはないよな。俺、魅力あるし」

「ですよね！」

冗談で言ったのに、笑顔で即答されてゴフッと喉《のど》が詰まった。軽くむせたことで、一知也が慌てる。

「大丈夫ですか？」

「へ、平気だ」

「でも顔が……」

心配そうに一知也が手を伸ばしてくる。耳の傍に指が触れそうになってギョッとした。

「大丈夫だってっ」

大声に手がビクッと止まる。脅かしたことに気づいて「怒ったんじゃない」と慌てて付け足した。

「悪い。俺、慣れてないんだ、そういうの」

一知也がキョトンとする。

「その、今みたいに正面切って褒められると、なんていうか……。人にそういう風に褒められることなんて、あんまなかったし」

言われているだけで恥ずかしいのだ。一知也が本気なのがわかるから、茶化すこともできなくて——ダメだ。顔が熱い。

「っていうか、それ婆達の前で言うなよ？　また大笑いされるぞ」

「そうですか？」

「そうだよ。毎日毎日無愛想だのモテないだの散々言われてるのに」

「えっ」と声がした。

「モテないって、大賀さんが？」

そこ突っ込むか、と思ったが、聞かれては仕方ない。「ああ」と頷いた。

「信じられない…」

一知也は呆然とした顔をしていた。こっちこそ、その反応に呆然だ。

「自慢じゃないが、過去モテたことがあるのは友達んちの猫ぐらいだ」

一知也はまだ信じられないらしく、不思議そうな顔をしている。

「あれはかわいいな。擦《す》り寄ってきて」

顔を見ても恐れないし、爺婆みたいに口達者でもないし、いいことだらけだ。店が食を扱う関係上ペットを飼ったことはないが、動物のいる生活は憧れでもある。

「好かれてたんですね」

ようやく一知也が笑った。その顔に少しホッとする。

「どうだろうな。気紛れみたいだし。俺は好きだったが」

「向こうも好きだったと思いますよ。猫が大賀さんに懐くの、わかる気がします。大賀さんの傍って安らぐんですよ。おばあちゃん達見てるとわかります。安心しきって甘えてるし」

そうだろうか。そんなかわいいものじゃないと思うが。

「猫も一目見て気づいたんだと思いますよ。『この人は大丈夫』って。僕が猫でも、毎日膝の上で撫でられたいです」

変な比喩だ。「猫にだけモテてもなぁ」と大賀は笑った。

「そういうお前はどうなんだ。恋人いるんだろ。上手くやってるのか？」

「残念ながらいなくて」

「そんなに綺麗なのに？」

「えっ」

弾《はじ》かれたようにこっちを見られる。その反応で、大賀は自分の失言に気づいた。

しかし、綺麗ってそこまで失言だったんだろうか。婆達はしょっちゅう言っていたが、実は気にしていたとか？

「えと、その……すまん？」

疑問形になりながらも一応謝ると、いえ、と恥ずかしそうに返された。

「ありがとうございます。嬉しいです…」

あ、よかった。嬉しいのか。ホッとしつつも、なんだかこっちまで照れくさくなる。このままじゃ変に意識してしまいそうで、大賀はゴホンと咳《せき》をした。

「にしても、信じられないな。いないなんて。もしかして条件厳しいのか？」

「そういうんじゃないです。ただモテないだけで」

「嘘つけ」

食い込む勢いのツッコミに、一知也が笑った。

「本当ですよ。片想いが多いんです」

片想いねぇ。一知也に付き合ってほしいなんて言われたら、女なら誰だって大喜びしそうなものだが。

「あー…。もしかして見た目が良すぎて逆に引かれるとか？」

とんだ弊害だが、それならわかる。

「どうなんでしょうね」

さみしげに笑われて、一知也の言葉が嘘じゃないことがわかった。こんなに誰からも愛されそうな男が恋で切ない思いをしているのかと思うと、ちょっとかわいそうになる。

「でも、それはお前のせいじゃないだろ？」

一知也の視線がちらりとこちらに向いた。

「そういうのはあれだ。ほら、本当の人に出会うまでのプロセスなんだよ」

こういう時、上手いことの一つも言えない自分の不器用さが恨めしい。口から出た使い古された台詞に、一知也がふっと笑みを零《こぼ》した。

「そうですね」

「ああ、そうだ。最高の出会いが待ってるんだよ。どんな子が好みなんだ？　そっちがよければ周りに言ってみるぞ？　その方が早く見つかるかもしれないし」

「好み、ですか」

「ああ、あるだろ。色々と」

「僕は……」

こちらを見たまま、一知也は喉を詰まらせた。なにかを言おうとして言えない妙な間ののち、黙られてしまう。その顔をチラ見して、ピンときた。

「好きな奴いるのか？」

ビクッと肩が反応する。

「やっぱいるんだな。そういう顔だ」

ためらってから、小さな頷きで肯定された。さっきは好きな相手のことを考えていたんだろう。随分目が熱っぽかった。

「よかったな。どんな子なんだ?」

こちらを見て、一知也は恥ずかしそうにじわりと目を潤ませる。

「しっかりした人です。かっこよくて、優しくて、会うたびに好きになって。片想いだから、気づかれてもいないんですけど。今は少しでも近づけるよう頑張ってる最中なので……」

本当に好きなんだろう。口にしている間にも、一知也の身体《からだ》からしっとりとしたものが出ている。

恋愛はいいものだな、と見ていて思った。それほど想える誰かに会えたのは羨ましい。

「上手くいくといいな」

間を開けて「はい」と返事がきた。

「今度話聞いてもらえますか?」

うっすらと火照《ほて》った顔で言われた。

「大賀さんには聞いてほしい…」

言葉にするだけで照れたのか、言うなり黙り込んでしまう。

その姿を見てかわいいなと思った。これほど一途に想ってもらえるなんて、一知也に愛されている女性が少し羨ましくなる。

上手くいった暁《あかつき》には、盛大に祝ってやろうと考えながら、赤くなった頬をごまかしている一知也に、大賀は「わかった」と伝えた。

その日、自分よりも遅く帰宅した昂太はご機嫌だった。どうだった？　と浮かれ顔で一知也のことばかり聞いてくる。会ったばかりで昂太がこんなに懐くのは珍しいな、と思いながらも、質問の意味がわからず「送り届けたぞ」とだけ伝えた。

で、すぐ次の試食会を、と言いたいところだが、ちょっと間が空いている。手放しで褒められて、いいところを見せたいと欲を出したのがいけなかったんだろうか。アッと言わせるような物を作るんだという軽い見栄《みえ》のせいで、試作のイメージが定まらなくなってしまった。

そんなこんなで昨日はノートにアイデアを書き続け、日が昇る直前に眠りについたわけだが。

——なんだ？

ぼそぼそと襖越《ふすまご》しに話し声が聞こえて、大賀は眠りから起こされた。誰か来ているみたいだ。せっかくの休日なのにと思いながら、布団《ふとん》から手を伸ばして時間を見る。目覚まし時計は十時半。

漏れ聞こえる声のトーンが婆達とは違う。大賀は枕元に開きっぱなしだったノートを閉じて布団から出ると、あくびを噛み殺しながら、ぼりぼり体を掻いて部屋を出た。

「昂太、友達か？」

「お邪魔してます」

「えっ」

にこやかな笑顔に、ズボンの中に突っ込んで腹を掻いていた手が止まる。

「おはよー。遅かったね」

昂太がいつもと同じ調子で声をかけてくる。頭が真っ白になった。

「こ、昂太、これどういう…っ」

「俺が食事誘ったんだよ。兄ちゃんなかなか試食会やらないから」

「いつの間に……」

「だって俺と一知也さんメル友だもん。あ、見て見て。お土産もらっちゃった。すごいんだよ。ほら、おいしそうでしょ」

高級そうな洋菓子セットを見せられる。

「あ、それはお気遣いいただいて」

とっさに頭を下げてから、はたとパジャマだったことに気づく。

「ちょっと失礼っ」

大賀は部屋に駆け戻った。

「あー楽しかった。さっきの兄ちゃん、傑作だったよねー」

「お前な……」

少し早い昼食を囲みながら、昂太は心底楽しそうに笑っている。一知也が来ることを黙っていたのは絶対ワザとだ。この性格、誰に似たんだろう。

「まあいいじゃん。おかわりは？」

「いる」

ぬっと茶碗を差し出す。あっという間に山盛りを平らげたのが珍しかったのか、一知也はなぜかうっとりと空になった茶碗を見つめている。

「一知也さんは？」

「じゃあお願いします」

ハッとしたように茶碗が出される。こっそりと「小盛で」と頼んでいた。

「事情はわかったが、自分から食事に誘ったわりには、コレ質素じゃないか？　来てもらっといてこれはないだろ。せめて寿司《すし》取るとか」

焼き鮭に小松菜の煮びたし。豆腐と油揚げの味噌汁。ほかほかごはんがあれば自分は満足だし、このメニューも好きだが、客を招くほどのものではない。

「いいんだよ。誘ったのは夕食だもん。それまで目一杯遊ぼうね。俺、一知也さんとしたいこといっぱいあるんだっ」

「あんまり迷惑かけるなよ」

「大丈夫だよ。迷惑なんて思ってないよね、一知也さん」

「正直に言っていいぞ」

「思ってないですよ。楽しいし」

「ほらぁー！」

昂太に勝ち誇られる。

「ごはん終わったら俺の部屋行こ。見せたいものあるんだ」

――あれ？

ふと違和感を覚えた。

もしかして、昂太は夕方まで一知也と二人きりで過ごすつもりなんだろうか。

どうやら自分は最初から数に入ってないらしい。そりゃまぁ昂太の友達なら通常そういう扱いになるが、一知也はどちらかというと自分の知り合いなんだが――と思ったが、家に呼んだのは昂太だしな、と考え直した。自分だけのけ者になっていることについては少々モヤッとするが、そういうことならまぁ仕方ない。

思えば、昂太は最初から一知也に興味津々だった。一知也に会いたいと何度もごねたし、会った時も好きになったと口走ってもいた。

——そうだ。そういや言ってたぞ。好きって。

今まで普通に聞き流していたが、あの「好き」がそういう意味なら、昂太が自分を通さず一知也を家に呼んだ理由もわかる。そりゃ好きな相手には積極的にもなるだろう。

今まで男好きな様子を見たことはないが、元々面白いことが大好きで物怖《ものお》じしない性格だ。相手が一知也となれば、未経験でもそっち方面によろめくことは充分に考えられる。でもそれは一般的ではない恋だし、彼には好きな人がいるから、昂太はいずれ失恋することになるのだが。

——っていうか、今自分はそんな環境の中にいるのか？

昨日まで平穏だったのになんでこんなことに、と頭を悩ませているうちに食事は終わり、一知也は昂太に連れられて二階に上がっていった。

ぽつりと残されて、さみしさと同時に、少し不安になる。

別に気になっているわけじゃないからな、と言い訳しつつも、大賀は階段に近づき、二階へ目をやった。

二人をこのままにしておいて平気だろうか。

——まさか部屋で変なこととか……しないよな？

家には自分もいる。昂太のことも信じてはいるが、いかんせん欲望たぎる高校生。自制できなくなることだってあるかもしれない。ああ見えて、昂太は自分に似て腕力がある。万が一にも腕力に訴えたりしたら……。

いやいや。ないだろ。

さすがにそれはない、と半笑いになりつつも、足は階段の前から離れられず、行きつ戻りつを繰り返す。

漏れ聞こえる声に異変はない。耳を澄ませていると、楽しげな声が続いた後、音が聞こえなくなった。しばらくして、ヒソヒソとした囁きが聞こえてくる。

——ちょっと待て。本気で大丈夫だろうな。

なんだろう、これは。状況が摑めないが、なにかしている感じがする。

落ち着かない気持ちで、年季の入ったやや急な階段の先を眺める。ここにいても不安が増すばかりだ。一回様子を見に行くか、と階段に足をかけた時に、一知也の叫び声が聞こえた。

「昂太、お前っ」

一気に駆け上がりスパーンと襖を開けると、フローリングカーペットの上で向き合うように座り込んでいた二人が見えた。その周りにあるのは、いくつかのファイルと、色取り取りの写真。見覚えのある分厚い表紙のアルバムは、一知也の手で開かれている。

「それ……」

自分の卒業アルバムだ。周りにある写真も、全部見覚えがある。大賀はバッと昂太を見た。

「いつ持ち出したんだっ」

「昨日の夕方」

キッパリと言い切られる。

「あーもー、なんで来るんだよ。いいとこだったのにー」

「そっちも見てるなよっ」

「貴重なものなので、つい……」

「見なくていいからっ」

一知也からアルバムを奪おうとすると、昂太に止められた。

「いいじゃん。見せてあげようよ、減るもんじゃなし」

大人な言葉に、大賀はぐっと黙る。

「バレちゃったものはしょうがないから、みんなで見よ。俺、お茶と菓子持ってくる」

昂太が一階に下りていく。一知也は視線を手元に落としたきり、卒業アルバムから目を離そうとしない。集中しすぎだろ、と思いつつ、大賀は真剣な顔をチラ見した。

「それ、見て楽しいか?」

頷かれて、微妙な気持ちになる。

開かれていたページは自分のクラスのところだった。上手く笑顔を作れずに終わった顔写真を、一知也はうっとりと眺めている。

「大賀さん、あんまり変わってないんですね。かっこいい…」

そんなわけはない。髪型は変だし、顔も不自然に引きつっていておかしい。なのに一知也は、嬉しそうな顔で妙にじっくりと見る。それが気になってしまい、腰のすわりが悪くなった。なんとも言えない気持ちでいると、パラリとアルバムを捲《めく》られる。

ギクリとした。

「も、もういいよな」

「なんで隠すんですか？　見たいです」

「充分見ただろっ」

その先はマズい。

取り返そうとすると、腕でがっちりホールドされた。見られたくないのと見たいので、引き合いが続く。

しかし、これは負けられない。力技で奪い取ると、足が滑った。

「！」

これでは一知也に突っ込む。それがわかるのに、状況もスローモーションで見えているのに、自分が止められない。

――頼むから退いてくれ……！

「うわぁっ」

ドスッと音がして顔が肌にぶつかった。首筋の窪《くぼ》みに上手くはまったことで、床への直撃は免れたものの、見事に自分が覆い被さる形になっている。

——歯、肩にモロ当たった……。

口を閉じていたから一知也を直撃してはいないが、口の中がちょっと痛い。ともかく起きようと手をついて、掌に感じた体温に大賀は慌てて手を引いた。

危ない。思いきり胸を押してしまうところだった。

それでなくても、のしかかったのは自分。重かったに違いないのに。

「わ、悪い。すぐ退くからっ」

「いたっ」

体を起こそうとしたとたん声を上げられて、ドキッとした。

「どこか怪我《けが》したのか？」

「わからないです。今、腕がビリッときて…」

「関節を打ったのかな。どっちの腕だ？」

「こっちです」

一知也が左手の指を軽く動かす。そこに体重をかけないようにそろりと動きながら、自分の下敷きになっていた左腕に触れた。自分よりも一回り細い腕を、肩から肘《ひじ》にかけて、ゆっくりと撫でる。ひくっと一知也が身じろぎして、喉があらわになった。

「痛かったか？」

「平気です……」

本当だろうか。顔がちょっと苦しそうに見える。苦しそうというより、なにかを我慢しているようだった。痛みに耐えているんだろうか。息がわずかに乱れている。

「正直に感じたまま言っていいんだぞ」

怪我をさせたと思わせたくなくて我慢しているのなら、その気遣いは無用だ。痛いところは痛いと教えてほしい。

「本当に……大丈夫」

吐息交じりの声が、なぜか腰にきた。じんとする下半身の疼《うず》きに、自分の方が動揺する。目はさっきから、むき出しの喉笛《のどぶえ》に釘付《くぎづ》けになったままだ。食《く》らいついてほしいといわんばかりの無防備さに、理性を試されているような気になる。

でも体を確認しているだけなのに、こんな気分になるなんておかしい。これじゃ、昴太じゃなくて自分が危険じゃないか。

いや、その考え自体変だ。男が男に欲情するわけがない。自分は混乱しているのだ。触るのに躊躇《ちゅうちょ》する必要もない。やましいことはないんだ。堂々とすればいい。

冷静になれ、と自分に言い聞かせながら、大賀はもう一度掌を滑らせた。今度は肘から手首にかけて、同じように撫でる。

一知也が見てくるせいなのか。腕を痛めていないか確かめているだけなのに、一知也の体温を強く感じて落ち着かない。自分の体を通して伝わってくる体の厚みまで、今は妙にいやらしく思える。布越しに触れるじわりとした熱に、ごくりと喉が鳴った。

この男は、こんな感じだっただろうか。

滲《にじ》んだ目元が色っぽくて、クラクラする。こんな目で見つめられたら酔いそうだ。

「痛く……ないか?」

艶やかな目が、答えるように細められた。少しの間を空けて頷かれる。ホッとして、大賀は静かに体を起こした。手を引いて、一知也の上半身も起こす。

「その、悪かったな」

首を横に振られる。その顔がうっすらと色づいている気がしたが、見間違いかもしれない。でも耳も赤い気がする。自分の顔が当たっていた左耳。その上の方が特に……。

ピンク色に染まった耳輪の上部を眺めていると、一知也がふいにこっちを見た。

「そんなに見せたくない写真だったんですか?」

気になっていたらしい。大賀は諦めて、アルバムを差し出した。

「俺にとってはな。見ていいぞ」

一知也はためらったのち、アルバムを開いた。パラリ、パラリと捲っては、さっき覚えた姿を探す。しばらくして、目が一か所で止まった。

横目で写真を確認する。当たりだ。

「大賀さん、これ…」

「言いたいことがあるなら言え」

顔を背けながら言うと、一知也がふっと笑った。小刻みに肩が震え出す。

「似合ってます……」

「笑いながらは止めろ。複雑だ、俺は」

文化祭のクラス写真。応援団でやらされたのは、リーゼント頭に紫の短ランとボンタン。その上には超ロングな白の特攻服。背中には大きな『3—2夜露死苦《ヨロシク》』の文字。見せたくない気持ちもわかってもらいたいものだ。

一知也はまだ笑っている。大賀は数分後たまりかねて「笑いすぎだろ」と呟《つぶや》いた。


その後は二人でアルバムを見た。お茶と菓子を持ってきた昴太は、電話がかかってきて一階に下りている。

「あ、おばあちゃんだ」

写真を見ていた一知也が人物を指差した。

「これ、そうですよね？」

「ああ。で、こっちが俺の両親」

頑固一徹を絵に描いたようなガタイのいい中年男と、寄り添って微笑む隣の女性を交互に指差す。一知也がその隣に目を留めた。子供だった自分の肩に手を置いて笑っている、眼鏡《めがね》をかけた落ち着きのある男性。

「この方は？」

「義男《よしお》おじさんだよ。松婆の一人息子《ひとりむすこ》」

一瞬、一知也の動きが止まった。

「おばあちゃんって大賀さんのおばあちゃんじゃなかったんですか⁉」

「ああ、近所なだけだ。っていっても、付き合いが長いからもう家族みたいなもんだが」

久し振りに見た懐かしい姿に顔が緩む。義男おじさんには子供の頃よく遊んでもらった。キャッチボールをしてくれた、少しばかり筋張った手を思い出す。

「それが今日一番のビックリかも……」

どうやら本気で驚いたらしい。大賀は笑った。

「そうなのか？　家族ぐるみで親しくすることってあるだろ？」

「ありますけど、あそこまでは……。ところで、こっちのはなんですか？」

一知也が数冊のミニアルバムを指差した。

「俺が撮ったヤツだ。風景が多いから、見てもあんまり面白くないぞ」

面白くないと言ったのに、一知也は宝物を見つけたように飛びついた。嬉しそうに中を見る。

「綺麗な色。写真集みたい」

色鮮やかな四季を感じる写真。緑に覆われた寺の参道や、銀杏並木《いちょうなみき》。白く静まり返った冬の庭、赤紫の雲が街を染めている朝焼け。丹念に見られると結構恥ずかしい。

「褒めすぎだ」

「でもこれ、色合いがすっごくいいですよ。センスあると思います。写真の道に進もうとは思わなかったんですか？」

「俺には店があったから」

久し振りに見た懐かしい風景に、口元が緩む。

「写真は数少ない俺の趣味だったし、好きだったけどな。店には代えられなかった。それを義務のように感じたこともあったが、やっぱり特別なんだよな。店を続けることは」

今は季節ごとに和菓子を撮るくらいだが、それで満足している。

「じゃあ、店を継ぐことが大賀さんの夢だったんですね」

「ささやかだろ」

一知也は笑顔で首を横に振った。

「お前は？」

「僕は夢らしい夢がないままここまで来ちゃったというか。あ、でも目標ならありますよ。

目標というより、将来ああなってたらいいなぐらいの気持ちなんですけど。できる上司がいるので、その人みたいになれたらって」

「ああ。それ、わかるよ。仕事で尊敬できる人がいるのっていいよな」

「そうなんです。いい年の取り方の見本というか、仕事のやり方も含めて、憧れで。今の仕事結構好きだから、あんな風に自分の裁量で色々できたら楽しいだろうなーなんて」

一知也は楽しそうに笑う。

「だから、僕も行けるところまでは行ってみたいかな。それで好きな人が傍にいてくれたら、もう言うことないですよね。飽きるぐらい毎日顔見て、手も繋いで、自分だけに弱音吐いてくれたり、慰めたり慰められたりして、時にはケンカとかもしてもっと仲良くなっ…」

一知也が急にハッとした。

「どうした？」

「今の、聞かなかったことにして下さい……」

「へ？」

おかしなことは一つも言ってなかったのに、一知也は目の前で落ち込んでいる。そりゃまぁ——後半はちょっと夢見がちだったけど。

「なんで語っちゃったんだろう」

項垂《うなだ》れて反省している姿は、なぜだか妙にかわいかった。

アルバムを見終えて、二人で一階に下りた。それから、昂太が押し入れの奥から見つけ出した人生ゲームをして遊び、夕方には昂太が腕を振るったすき焼きをみんなで囲んだ。

「おっ、今日は奮発したな」

「そうだよー。一知也さんが来るから張り切っちゃった」

確かにかなり頑張っている。いつものペラペラ肉じゃなくて、一枚が大きく厚い。

「一知也さんも遠慮しないでたっぷり食べてね。遠慮してたらなくなるし」

「俺が取ってやるよ」

溶き卵の入った一知也の取り皿を取り、大賀は鍋に向かった。これはなかなか旨《うま》そうだ。グツグツと煮える鍋を覗き込んで、一番大きい肉を真っ先に皿へ移した。

「なにか好きなのあるか？」

「じゃあ春菊と白滝を」

わかった、と返事をして、一番おいしそうな春菊を狙う。「これは煮えたか？」と聞くたび「まだ」と昂太に止められながらもよさげなものを見繕《みつくろ》って、ついでに肉も補充して一知也に向けた。こんもりと盛られた皿に、一知也が目を丸くする。

「お前もうちょっと太った方がいいぞ。筋肉もつけないと。人生体力勝負なんだからな。今のままじゃ心配だ」

肉多めの皿を、一知也は苦笑しながら受け取った。一番上に乗っかっていた肉を食べようとして、あちっと口を離す。冷ましながら食べる口元が妙に色っぽく見えてしまい、大賀は自分の分をそそくさとよそうと、白飯と一緒に掻き込んだ。

その後は三人で〆《しめ》のうどんとデザートまで楽しむ。七時過ぎ、後片づけの手伝いを終えた一知也が帰ると言い出し、自分が送ることになった。

「今日はありがとうございました」

マンション前で車から降りると、一知也は運転席の傍まで来てペコリと頭を下げた。大賀は運転席の窓を下げる。

「楽しかったです。すごく」

「なら、よかった。試作できたらまた連絡するよ」

「僕もお店に顔出しますね」

「ああ。待ってる」

パッと顔を赤くされて、自分がなにを言ったのか気づく。こんな言葉にそこまで反応しなくていいのに。急に照れるから、こっちまでドキッとしてしまったじゃないか。

どうも彼の前で調子が狂うのは、不意打ちでこういう態度をされるからだと思う。それは決して嫌な感じではないのだが、なんというか、戸惑う。

「じゃあな」

気持ちが上手くまとまらないまま、そう声をかけた。一知也に手を振って、車を出す。車のライトが、一知也の姿を映し出す。どんどん小さくなる姿を、ミラー越しに見る。

車が左折して姿を消すまで、一知也はずっと自分を見送っていた。

◆◆◆

一知也《いちや》と沢山話したことで、肩の力が抜けたのかもしれない。詰まっていた試作案も出てくる。ようやく案もまとまって「じゃあやるぞ」となった時に、待ちくたびれたのか昂太《こうた》が離脱した。

昂太は店の商品を食べ飽きている。コンテストに参加するのも初めてではないので、要するに興味が失《う》せたのだ。そうなると、一知也だけを店に呼ぶのも変な気がしてくる。

「——というわけなんだが、俺が持ってこうか？」

昼頃店に来た一知也は、昂太が来なくなると聞いて焦っていたが、そう提案すると喜びと申し訳なさが混ざったような顔で見返してきた。

「いいんですか？」

「ああ。マンションにあったロッカーみたいなアレ、使えるんだろ？　だったら俺が帰る時そこ入れとくよ。感想は後で聞かせてくれればいいから。その方がそっちも楽だろうし」

「なら、一緒に食べませんか？」

「ん？」

「僕の家で。通勤の休憩ついでに思ってくれていいので。僕もできればその場で感想言いたいですし、早く食べたいから」

優しい目で、そう言われる。

確かに、試作でわざわざ時間の経った品を食べさせる必要はない。

「じゃあ、そうするか」

「おいしいお茶用意しときますね」

嬉《うれ》しそうな一知也に、大賀《たいが》もつられて笑った。


それから、一知也とは週に一、二度家で会うようになった。しかし、試作はそれほど頻繁には作れない。試作ができない時は連絡しないでいたが、一知也から「良いお茶が手に入ったから」「おいしいケーキをもらったから」「実家からミカンが届いたから」と次々連絡が来て、気がつくと帰宅の途中に寄るようになっていた。

「今日はどんなのですか？」

一知也の家に行くと、嬉しそうに聞かれた。今日は試作のある日だから、よほど待ち遠しかったらしい。幸せそうな顔につられて軽く高揚しつつ、箱を開ける。

「これだ」

「わぁ」

箱の中にある餡《あん》が包まれた赤い実を見て、一知也の顔が綻《ほころ》んだ。

「これいいですね。色が素敵です、このプチトマト」

「いや、ホオズキ…」

「すみませんっ」

慌てた一知也に、大賀は苦笑した。

一知也が間違えたのも無理はない。今回赤い皮の部分が上手《うま》くいかなくて、ホオズキ提《ちょう》灯《ちん》の形が作れず、実だけになってしまったのだ。

「あれ？　でもホオズキって……」

やっぱり気づいたか。

「季語で言えば秋なんだが、やっぱ夏だって思うよな」

大賀が引っかかっているのもその部分だった。

「メープルのイメージが秋だから、できれば秋を連想させるものを使いたいんだが、紅葉《もみじ》も栗《くり》も定番すぎだしなぁ。立体で作りたいんで、荻《おぎ》、雁《かり》、イチジクじゃ、どれもイマイチ見た目にインパクトがないんだよ。かといって、他に秋っぽい形のものが……」

「ススキは？」

「え？」

肝心のものを忘れてるとばかりに言われて、ギョッとした。

「怖いこと言うなぁ」

「どうやって作るんだよ。あれ自力で立たないぞ？　って言うか、あの形、質感……」

どう考えても無理だ。

「あ、そうか」

作ることを念頭に置いてなかったらしい。さらりと同意される。

「でも、できたら素敵ですね」

にっこりと微笑《ほほえ》まれて、大賀は悩みながら自作を見た。

◆◆◆

その後、ススキに挑戦してみたが、案の定上手くはいかなかった。手を替え品を替え頑張ってみるが、やはりどうにもならない。考えれば考えるほど詰まってしまい、疲れ果てた末、方向転換を狙って作った作品は不評だった。一知也は試作を見つめたまま固まっている。

「これはちょっと、デザインが豪胆すぎじゃないでしょうか」

「ダメか？　俺は結構好きなんだけどな」

「食べにくいですよ。リアルすぎて怒られてる気になるし…」

その憤怒の顔が良い出来だと思ったんだが……。ミニチュアの仁王像《におうぞう》を前に、大賀は頭を抱えた。

「あーもうわかんなくなってきたっ」

「大丈夫ですよ。一息入れましょう。お茶入れ直しますから」

乱暴に頭を掻《か》いているのを見て、一知也が苦笑しながら湯呑《ゆの》み片手にキッチンに向かう。蛇口をひねったとたん「熱っ」と声がした。ガシャンと音が響く。

「どうした⁉」

駆け寄ると、シンクにもうもうと湯気が立っていた。耐熱ガラスポットに当たって、熱い飛沫《しぶき》が跳ねている。

「ちょっと手が滑って…」

「バカ！　早く冷やせ！」

赤くなっている手に気づいて、大賀は出しっぱなしの熱湯を止めた。水を大量に出して、一知也の手を水流に突っ込ませる。

「なにやってんだ、気をつけろ」

「すみません」

「謝んなくてもいいが、勿体《もったい》ないだろ。せっかく綺麗《きれい》な手してんだから」

よかった。それほどひどくはないみたいだ。これならすぐに治る。

傷にならないことにホッとしてから、大賀は一知也の反応がないことに気づいた。顔を向けると、恥ずかしそうにこちらを見ている一知也と目が合う。とたんに、しっかりと一知也の手を握っている自分に気づいた。

「あ…っ」

急に照れてしまい、大賀はバッと手を離した。手を戻した弾みで、水が自分の顔にビシャッとぶつかる。

「くそっ」

モロ顔面にきた。ミスったことを反省しつつ、濡《ぬ》れた顔を服の袖《そで》で拭《ぬぐ》っていると、ふいに髪に触られた。艶《つや》やかになった髪は、束になって一知也の手の中にほどよく収まる。

「髪まで濡れちゃいましたね」

優しく微笑まれて、なぜか自分の方がドキリとした。

女にするような柔らかい仕種《しぐさ》で触られたせいだろうか。それとも顔を見られているせいか。

いやらしいことをされているわけでもないのに、一知也に触れられている部分に意識が集中してしまい、落ち着かなくなる。

前にも似た気持ちになったことはあった。

一知也に覆い被《かぶ》さったまま、腕に触れた時。別れ際「待ってる」と伝えただけで、照れた時。いや、思えば出会った時からそうだった。いつもいつも、一知也の前で自分はおかしくなる。

この気持ちはなんなんだろう。もっとしてほしいような、これ以上触られたらマズいような……訳がわからない。

こうしている間も、何を考えているのか、一知也の手は離れようとしない。指の感触が気になっていると、髪を掻き上げられた。額をあらわにさせるようにして、他の髪と一緒に撫《な》でつけられる。

「おい……」

「タオル持ってきます」

名残惜《なごりお》しそうに髪から手を離して、笑顔で言われた。顔の近さに一瞬妙な感覚に陥った自分を残して、一知也が脱衣所に向かう。

自分が戸惑った理由もわからないまま、大賀は胸の鼓動をごまかすように、顔についた水滴を拳《こぶし》で潰した。

◆◆◆

その後も、表面上は以前と変わりなく一知也と過ごしていた。

ただあの日から、どうも一知也を前にすると変な気持ちになる。会えば気持ちを持てあましてしまい困るのに、顔を見るとなぜかホッとする。はにかむ一知也を見るたび体がこそばゆくなるのに、不思議と安心する。心の中にある相反する感覚に戸惑いながらも、自分を引き寄せる引力に抗《あらが》えず、大賀は一知也の家に通い続けていた。

「今日ホントに大丈夫だったのか?」

聞いたのは、この日直前になって、一知也から時間を遅らせてほしいと連絡が来たからだ。それでなくとも、一知也は普段帰りが遅い。約束をした日は早く帰るように段取りをつけているようだが、他の日は十時を過ぎても会社にいることが度々あった。

「大丈夫です」

「無理するなよ。俺ならいつでもいいんだから」

「平気ですよ。今はちょっと大きな案件が動いてるから、海外とのやり取りで時間がかかるだけです。そこまで忙しくもないですし」

そうは言うが、回を重ねるごとに約束の時間が後ろにずれている。

もしかして、先日火傷《やけど》したのも疲れていたせいなんだろうか。そんなことを思っていると腹一杯になったせいか眠気が出てきた。

「大賀さん、大丈夫ですか？」

「ああ」

あくびを嚙《か》み殺したのがバレたらしい。試食の前に食事をもらったこともあって、腹は満たされ、部屋はあたたか。極上の条件に、眠気が止められない。今日は始まりが遅かったから余計だった。一知也が時計を見て驚く。

「すみません、こんな時間まで引き留めてしまって」

「気にするな」

それでも来たかったのは自分だ。一知也にだけ負担を強《し》いるわけにもいかない。しかし、さすがに十一時近くなると眠かった。普段の起床は四時半。今はいつもなら寝ている時間帯だ。

「こっちこそ遅くまで悪かったな」

まずい。あくびが止まらない。思ったより眠気がひどかったのか、「じゃあ」と立ち上がるとぐらっときた。体をソファーで支えたのを見て、一知也が顔色を変える。

「待って下さい、行く前にせめてコーヒーを」

「いや、いいよ」と言いかけて、止めた。確かに、このまま車に乗ったらヤバそうだ。

「もらっていいか？　濃い目で」

「はいっ」

キッチンに走る一知也を見ながら、ソファーに腰《こし》を落とす。

急激に睡魔が来たせいで、頭がグラグラする。大丈夫だ。眠気には山場がある。これを越えれば目が覚めるはずだ。そうわかっていても、体は容赦なく眠気に引きずられる。

――あー、いいなぁ。このソファー。

こんなにやわらかかっただろうか。体を沈めるクッションが心地いい。体ごと呑み込まれてしまいそうだ。

コーヒー飲んだらすぐに帰ろう。飯食って風呂《ふろ》入って寝て……明日の天気はどうだろう。豆の調子は……。

体を包まれる感触に、瞼《まぶた》が重くなる。

――やばい。落ちる……。

とろんとした現実感を消す感覚に、意識が引っ張られる。精神力で瞼を抉《こ》じ開けようと戦っているうちに、部屋の様子は歪《ゆが》み、霞《かすみ》がかって見えなくなっていった。


――ん？

フッとなにかが体に触れた気がして、大賀は意識を取り戻した。

どれだけ眠っていたんだろう。体は深く沈んだまま。指先一つ重すぎて動かせないのに、意識だけが浮上する。

——あ、また…。

羽が触ったような、軽い感覚がきた。自分を目覚めさせた、ふわっとした感触。気のせいかと思ったそれは離れて、少ししてまた戻ってきた。そしてゆらゆらと近くを行き来して、蝶《ちょう》のように手の甲に止まる。

——あったかい…。

なんだろう。これは。

蝶？　羽根？　羽毛のようだが、確実にそれより温かい。

「大賀さん」

聞き慣れてきた声が耳をくすぐる。自分はまだ夢の中にいるんだろうか。いつもとは違う雰囲気の声が、エコーがかかったように耳の中で甘く反響する。

「大賀さん」

一知也なのか？

なんだ、その声。なんて声出してる。おかしいぞお前。

吐息混じりの、空気に溶けてしまいそうな声が上から降ってくる。こんな声は、恋人以外に聞かせるものじゃない。人を選ばず聞かせたらダメだ。誤解してしまう。

――ああ。でも気持ちいいな…。

まるで体ごと包まれているみたいだった。優しい匂いと声が、雪のように降り積もって、体を覆っていく。

手の甲に触れる温かさは消えない。

自分が起きているのか寝ているのかもわからない。まどろみに流されて、大賀は自分を包み込むやわらかい場所へと、静かに導かれていった。

次に大賀が目を覚ました時、隣には一知也が寝ていた。いつからそうなっていたのか、互いに寄りかかるようにして寝ていたことに気づく。慌てて体を離すと、一知也の手が落ちた。どうやら手の甲がくっついていたらしい。

大賀はその手を見つめた。夢の中で自分を包んでいたほんわりとした熱。それに背中を押されて手を伸ばす。

触れそうになって、直前で手を止めた。何度か迷って手を引っ込めながらも、そろりと指を近づける。悩んでから、熱を確かめるように指先でトンと一瞬だけ手の甲に触った。何度かそれを繰り返して、今度はそうっと手の甲を包む。

乾いた皮膚《ひふ》に、意識が集中した。

――意外と体温高いんだな。

子供並みだが、夢で感じたのもこの熱さだった気がする。思い出しながら手を見て、形の整った指と爪《つめ》に、軽く笑った。

一知也は爪まで縦長でスタイリッシュだ。自分の四角く平べったい深爪とは違う。……似合っている。

一知也がもぞりと動いて、大賀はすぐ手を離した。身じろぎしたものの、しばらくして一知也は体を倒すことなくソファーに落ち着く。

聞こえてくる寝息にホッとしながら、大賀は一知也を見た。起きた時、肩の辺りがチクチクしていたのは、一知也の髪だったんだろう。一知也の名残だと思うと、その感触もなんだかこそばゆい。

この男は不思議だ。

いい奴《やつ》だが、変わっている。男なのに男臭くなく、かっこいいのにかわいらしい。かわいがってやりたくなるタイプの男。愛らしいとでも言うんだろうか。傍《そば》にいると男とも女とも違うような気がして、妙な気持ちになる。

目を合わせるのが恥ずかしいような、いたたまれないような、落ち着かない感覚。それらは本来、男相手に持つはずがない感情で——だからこそ、言い表せない思いに自分を持てあましてしまう。

だが嫌じゃない。一知也と一緒にいるのは心地いい。

――あの声、気持ちよかったな…。

自分を包む甘い声を思い出すと、少しばかり胸がむず痒《がゆ》くなる。もう一度聞きたくなる気持ちをごまかして一知也から目を逸《そ》らし、腕時計を見た。時間はさほど過ぎてない。まだ十二時前だ。

大賀は起こさないようにそろりと立ち上がると、部屋に置いていた上着を着た。荷物を持って、ソファーで寝ている一知也を見る。最後に一声をかけようかと思い、かわいそうになって止めた。

毛布でもかけてやりたいが、寝室に勝手に踏み込まれるのは嫌だろう。暖房がついているから風邪《かぜ》は引かないだろうが、このままにもしておけなくて、一知也が脱いでいたスーツの上着を体にかけた。

それから、テーブルに置かれていたすっかり冷えたコーヒーをもらう。目を覚ますはずのそれは、なぜか自分を、優しくやわらかい世界に捕えたままにした。

◆◆◆

その日から、一知也と会えなくなった。忙しいらしく、予定が連続でダメになる。

「なんかぼうっとしてるねぇ、大丈夫かい？」

松婆《まつばあ》に声をかけられて、大賀は我に返った。目の前にある松婆の顔のドアップに「うおっ」と椅子《いす》から転げ落ちそうになる。

「なにやってんだ、ビックリするだろっ」

「さっきまで気づかなかったくせに」

「だからってあの距離ないだろ！　もうちょっとでキスするところだったぞっ」

「あらやだよ、はしたない」

「どっちが！」

本気の怒りも、ホホホというわざとらしい笑いでごまかされる。

「ちょっと元気づけようとしてあげた婆《ばば》の優しい心遣いじゃないか。まぁ最近一知也ちゃん来なくて気になるのもわかるけどねぇ」

「なんでそうなるんだ」

間髪容《かんはつい》れずに言い返す。

「気になってんの松婆の方だろ。俺、見回り行ってくるからっ」

「あいよ、気をつけて行ってきな」と手を振られて、大賀は店を出た。

いつものように、和菓子片手に近所の一人暮らしの老人宅を回る。老人の一人暮らしは心配だから、という名目で始めたものだが、まぁ大体が全く心配いらないほどうるさく元気だ。

年を取ったせいで我《が》が強く、融通が利かず、なんでも早合点《はやがてん》するので鬱陶《うっとう》しいことこの上ない。おまけにどいつもこいつも口が達者、妙なところで記憶がいいため、赤っ恥《ぱじ》をほじくり返されてケンカになることもしょっちゅうだった。

そのたびに「もう止める！」と本気で思うのだが、なぜか未《いま》だに続けてしまっている。今日も早速馴染《なじ》みのトシ爺《じい》さんに上から目線で意味不明な説教をされ、半ばグッタリしながら家を回り続けた。

一時間半程度で、訪問が一通り完了する。

後はタエ婆ちゃんの家だ。交替で看病に来ている娘さんに挨拶をして、中に入った。板の間がある和室の真ん中に敷かれた布団《ふとん》の中に、彼女は眠っていた。近づくと、ふっと目を開ける。

「悪い、起こしたか？」

「いいよぉ。起きてたんだ」

寝れなくてね、と間を空けて言われる。元々あまり賑《にぎ》やかな人ではなかったが、病気になってからめっきり気落ちしてしまった。

「よかった、顔色いいな。今日はどら焼き持ってきたんだ。好きだろ？　少しでも食べられると良いんだが」

ああ嬉しいねぇ、と彼女は零《こぼ》す。

「昂ちゃんは元気かい？」

「ああ。相変わらずうるさいぐらい元気だよ。高校生になってもちっとも落ち着かない」

「そうかい、そりゃあよかった」と嬉しそうに頷《うなず》かれる。

「昂ちゃんも大きくなったよねぇ。店を遊び場にして玄《げん》さんに怒られてたのが、昨日のことのようだよ」

「……そうだな」

「あんたもえらい子だよ。昂ちゃんと二人で頑張って、立派だ。玄さんも天国で誇らしいだろうねぇ」

弱くて脆《もろ》い皺《しわ》だらけの手で、よしよしと頭を撫でられる。齢《よわい》三十でも子供扱いだ。大賀は口元を緩めながら、そっとその手を取った。

「また来るよ。次は昂太も連れてくる」

「私も元気になるからねぇ。待っててておくれね、また店に行くから」

待ってるよ、と声をかけて、家を出た。

爺婆《じじばば》が弱っているところを見るのはきつい。彼らは気合いだけで体を持たせているようなものだから、一つ躓《つまず》いたら坂を転がり落ちるように体調を悪くしてしまう。自分が思いもしなかった弱い生き物に、あっという間になってしまうのだ。

——ああいう姿を見るくらいなら、うるさい方が百倍マシだな。

さみしくなるのは嫌いだ。辛《つら》いのも好きじゃない。一人でいたくなくなる。

——あいつ、今なにしてるのかな。

ふと一知也の顔が浮かんで、そう思った。

自分を呼ぶ、やわらかな声が胸に蘇る。またあの声が聞きたい。あいつの笑顔が見たい。

一度そう思い始めたらなぜだか無性に会いたくなってしまい、大賀はあまりの入った菓子箱をじっと見つめた。

◆◆◆

「大賀さんっ」

闇を照らすビルの明かりから、一知也が一直線に走ってくる。

携帯に電話をした時の、一知也の喜びようはすごかった。店を閉めた後、会社前から再度連絡すると、五分も経たずに一知也が飛んできた。

久し振りに見たせいだろうか。向けられる笑顔に、不思議なぐらい胸がざわつく。

「どうしたんですか。来てくれるなんて。ああでも、会えて嬉しいです」

臆面《おくめん》もなく言われて、あまりの素直さにちょっと気恥ずかしくなった。俺も、とゴニョゴニョ言いながら、大賀は菓子箱を差し出す。

「これ、電話で言ったヤツだ」

一知也はわぁっと声を上げた。

「ありがとうございます。大賀さんの食べたかったんです」

笑顔が眩《まぶ》しくて見ていられなくなる。思わず目を逸らしそうになったが、踏み留《とど》まった。どうせならこの際じっくり見てやろうと正面から向き合い、目が合って撃沈する。

「大賀さん？」

「……なんでもない」

聞かないでくれと思いながら、言った。自分でも一知也の顔を見るだけで、なぜこんなに胸がくすぐったくなるのかよくわからない。

とにかく、一知也が元気そうでよかった。姿を見て、尚更そう思う。今日はそれが確認できただけで嬉しい。もし具合を悪くしていたらと気になっていたのだ。

「大賀さん、なにかあったんですか？」

「なにがだ？」

「だって今日の大賀さん、変です。いつもと違う…」

懲《こ》りずにチラチラ盗み見していたのがばれたのだろうか。

「なんていうか、目が優しくて……ちょっと」

ギクリとした自分の前で、気恥ずかしそうに目を逸らされる。

なぜ一知也まで照れているんだろう。わからずに近づくと、ふわりと匂いがした。慣れた匂いに、自然と口元が緩む。

「これ、なんの匂いだ？」

「え？」

「なんかつけてるだろ？　いつもいい匂いさせてるよな」

「匂いしてますか？」

「ああ」

「嘘《うそ》、全部止めたのにっ」

ショックを受けられて、驚いた。

「すみません。大賀さん、味覚も嗅覚《きゅうかく》も大事な仕事してるのに」

「いや、別に」

アッサリと返す。

「どぎつい匂いじゃないからな。なんの香りだか俺にはわからんが、俺は別に……嫌いじゃない」

じっと見つめられて、だんだん声の勢いが落ちて「嫌いじゃない」のところだけボソリとした口調になる。気を遣ったと思われたんだろうか。一知也は少し驚いた顔をしていたが、ホッと息をついた。

「結構好きだぞ。これで、お前のこと思い出したり…するし」

その一言で、一知也の顔がほわっと色づく。

「ほ、本当ですか?」

「ああ」

頷くと、うっすらとはにかまれた。

「よかった。なんか、嬉しいです」

「そうか。俺も、よかった……かな。うん、よかった」

照れが出てしまい、お互い視線をよそに向けながら会話する。

どうも今日は変な気持ちになる。会社に戻ってほしくない、なんて、口にしたら呆《あき》れられるだろうか。でもこのままずっと話していたい。一緒に帰れるものならそうしたい。

どうにも離れがたくて、一知也を見た。向こうもこちらを気にしていたらしい。視線はすぐに重なる。

「大賀さん…」

「ん?」

一知也はわずかにためらって、決意したように見上げてきた。熱っぽい視線がまっすぐに自分に向かってくる。

「この間の、好きな人の話覚えてますか?　大賀さんが聞いてくれるって言った」

「?　ああ」

「あれ、実は——」

一知也がその先を口にする前に、ビルの方から「桐谷《きりたに》」と声がかかった。一知也がビクッとして振り向く。

「課長っ」

「どうしたんだ？　こんなところで」

ガラス張りのエントランスから眼鏡《めがね》姿の男が近づいてくる。

長身を包むスーツには、一知也と同じような品があった。さりげない歩き方一つにも、揺るぎない芯《しん》の強さを感じさせる。三十代の男が持つ、年齢相応の風格。経験に裏打ちされた自信が、落ち着いた雰囲気になって溶け込んでいた。

「今戻るところですっ。課長こそどうしたんですか」

慌てたように早口で言う一知也に、ちょっと驚いた。

「さっきまで客と打ち合わせしてたんだよ」

男はロビーを指差す。男の仕種はしなやかだった。自分と身長は変わらなそうなのに、スラリとした体は重さを感じさせない。

「あ、また一服してたんですね」

「なんのことだか」

縁のない眼鏡を指で押し上げて、男がごまかす。一緒になって笑う一知也を見ていると、男が「こちらの方は？」と一知也に声をかけてきた。

「富山《とみやま》大賀さんです。親しくさせてもらってるんです。今日はこれを届けに来てくれて」

一知也が嬉しそうに差し入れを見せる。

「初めまして。富山です」

大賀は名刺を差し出した。男と名刺を交換する。男の名刺には長谷川《はせがわ》と書かれていた。男は感心したように名刺を見る。

「へぇ、和菓子店ですか。すごいですね」

「いえ、そんな」

謙遜《けんそん》していると、「いやいや、なかなかできることじゃないですよ」とスマートにおだてられる。

「大賀さん、こちら僕が日頃お世話になっている第三事業本部課長の長谷川さんです。仕事もできて面倒見もいいと、社内でも評判なんですよ。頼りになるので、もしなにかあれば」

「こら、恥ずかしいだろ。褒めてもなにも出ないぞ？　それとも奢《おご》らせる気か？」

「課長は僕の憧れですから」

「それが既に嘘っぽいんだけどなぁ」

親しげな二人の様子に、口を挟めなくなる。

ああ、彼が前に一知也が言っていた——という納得よりも、一知也との距離が近いのが気にかかった。さりげなく肩に手を置き、耳元に話かける。肩に置いていた手は背中を滑り、一知也の腕に触れていた。

上司はこんな風に触るものだっただろうか。なんだか違和感がする。触られていることに気づいているのかいないのか、男を信頼の目で見ている一知也に戸惑っていると、長谷川がふいにじっと顔を見てきた。

「富山さん。もしかして前に会社に来たことありませんか？」

「？　はい。一度夜に」

「ああ、やっぱり。女の子達が噂《うわさ》してたことがあったんですよ。誰だったのかと彼女達が聞いても桐谷は全然教えてやらなくて。普段なら隠し立てはしないのに、あの時だけ頑固にごまかし続けるもんだから」

「課長っ」

一知也がなぜか赤くなって慌てた。

「これ以上はこちらの迷惑になりますからっ」

「そうだな」と軽く一知也を流しながら、長谷川は笑顔を向けてくる。

「今日はお会いできてよかった。ぜひ今度食事でも。勿論《もちろん》、その時は桐谷も一緒にな」

一知也は嬉しいのか困っているのかわからない顔を見せると、少ししてから「はい」と頷いた。それから恥ずかしそうにこちらを見る。

「じゃあ大賀さん、また」

「ああ……」

見慣れたはずの笑顔に、複雑な気持ちになった。それは背を向けられたとたん、妙な寂しさに変わる。

――なんか俺、勘違いしてたかな。

ポツリと取り残されて、そう思った。

一知也には少なからず好かれていると思っていたが、彼は誰にでもそういう対応をするだけで、深い意味はなかったのかもしれない。自分よりもあの男の方が、よほど一知也と親しい。それこそ怪しいくらいに。

――いくら親しくしてても、普通男同士であんなスキンシップはしないよな。

二人のあの妙な空気感はなんだろう。自分にはわからないことで盛り上がっていて、お互いに通じ合っている感じがした。

――もしかして、あの二人付き合ってたりして。

まさかな、と思いながら、ビルの中に吸い込まれていく二人を見つめる。

靴までしっかりと手入れされた、洗練されたスーツ姿。雰囲気が似ているせいか、並ぶ姿も似合っている。一方の自分は、決して良質とは言えない年季の入ったブルゾン。

急に自分が恥ずかしく思えて、大賀は視線を落とした。

◆◆◆

その夜、夢を見た。

男の腕の中で、一人が卵にかえったかのように愛されていた。それは殻を破られて無理やり新しい世界に引きずり出された雛《ひな》のように、一糸纏《まと》わぬ姿で男の手の中で震えている。いじられすぎて色づき尖《とが》った突起。その平らな胸で、それが男だとわかる。うっすらと男の色に染められた体。見覚えある顔に、大賀はギョッとした。

「一知…！」

手を摑《つか》もうとしたが、届かなかった。それどころか、強い力で一知也から引き離される。

「君はダメだよ」

縁のない眼鏡が光る。まるで全てが自分の物だと言わんばかりに、男は愛《いと》おしそうに一知也の体に指を這《は》わせた。

「ああ、でもかわいそうだから見せてあげようか？」

ひくりと喉《のど》を震わせた一知也の顔を摑んで、男がねっとりと唇《くちびる》を重ねた。唇が濡れるほど深く食《く》らい、苦しそうに喘《あえ》いだ一知也の首筋をねぶる。男の腕に包まれ、なすがままに舐《な》め上げられながら、潤んだ眼差《まなざ》しがこちらを見た。

る。

苦しげに身をよじるだけで逃げようともしない。むしろ手は、欲しがるように男に縋《すが》ってい

自分に見られることだけを恐れている。背骨のラインを指で辿《たど》り、首筋に歯を立てられても、

けれど一知也は少しも嫌がっていなかった。男から与えられる快楽に打ち震えながらも、

恥ずかしそうに、消え入りそうな声で漏《も》らされる。

「見ないで…」

男が従順な体を搔き開き、貫くと、気持ちよさそうな声を上げて恍惚《こうこつ》とした。しなやかな腰が男のものを呑み込み、押し出されるように脚の間から白濁を漏らして、太腿《ふともも》をぬめらせる。男が一知也の内腿を摑み、しなやかな筋肉にべったりとそれを塗りつけた。

蠢動《しゅんどう》のたび体は艶を増し、火照《ほて》ったように色づいていく。

──一知也、耳が……。

耳が赤い。

耳輪は見覚えのあるグラデーションになっていた。しっとりとした頰《ほお》に髪が貼りつき、貫かれては乱れる。あられもない姿を晒《さら》し、汗か涙かわからないもので頰を濡らしながら、一知也は「見ないで」と繰り返していた。

見ないで。お願いだから──心を彼岸《ひがん》に連れて行かれたかのような顔をしながらも、双眸《そうぼう》が自分を捉えて辛そうに歪む。

『そういう顔すると思ってた』

一知也の声がどこからともなく降ってきた。

『だからあなたにだけは』

目の前の甘い嬌声《きょうせい》と声が重なる。

『このことを知られたくなかったのに――』

「！」

カッと目を見開いて、見えた天井に大賀はあれが夢だったことに気づいた。この季節にもかかわらず、嫌な汗で額にはべったりと髪が貼りつき、パジャマはぐっしょりと濡れている。

「なんだありゃ――！」

その日の始まりは最悪だった。


そして困ったことに、あの日から見たくもない夢は続いている。

「なにをふて腐れてるんだい、あんたは」

「ここんとこ夢見が悪いんだよ」

「夢見ねぇ」

松婆は「そんなことでブスッたれた顔して」と言わんばかりの顔をするが、悪夢ばかり見るのは結構嫌なものだ。寝ている間に声でも出しているのか、近頃は「兄ちゃん、うなされてたよ」と昂太に起こされる状態だ。

こんな気分になるのも、一知也が店に来なくなったせいだ。

おかげであれから、あの日のことばかり思い出してしまう。一知也と親しげにしていた長谷川を思い出すと、なぜかモヤモヤした。なにをしていてもあの男の顔が蘇ってしまい、気が晴れない。

男同士のあんな夢を見るなんて、きっと自分の方がおかしいのだ。考えすぎだとも思う。あの日自分が見たのは、多分よくあるスキンシップの一つで――まぁ、そうは見えなかったから気になっているわけだが。

「……」

あれから十日は過ぎたが、一知也はまだ忙しいんだろうか。一度くらい顔を出してもいいのにと思っていると、松婆から「ちょっと電話してみておくれよ」と声がかかった。言うたびに止めさせていたから最近言わなくなっていたのだが、とうとう耐え切れなくなったらしい。

「迷惑だろ」

「お願いだよ、一回だけでいいから」

よほど会いたいらしく懇願される。

自分も様子が気になっていたので、大賀は「今回だけだぞ」と釘《くぎ》を刺しつつ、これ幸いと電話した。昼間にもかかわらず、一知也が携帯に出る。

やはり仕事で忙しかったようだ。漏れ聞こえてきたざわついた会社の空気でも、それがわかる。

『行きたいんですが、しばらく時間が取れそうになくて』

ということは、あの男と一緒か。

若干微妙な気持ちになりつつも「そうか」と頷くと、受話器の傍で聞き耳を立てていた松婆が残念そうな顔をした。

「わかった。気にしないでくれ、こっちはいつでも大丈夫だから」

『すみません、本当に』

「俺の方こそ突然連絡してすまなかった」

今もあの男と一緒なのか。付き合っているのか。肝心なことを一つも聞けないまま、じゃあ、と声をかける。電話を切ると、松婆があからさまに大きな溜《た》め息《いき》をついた。

「残念だったな、松婆」

「本当にねぇ」

ガッカリと肩を落としたせいで、しょぼくれた体が余計小さくなる。

「そんなに忙しいなんて、一知也ちゃん大丈夫かねぇ。一人暮らしなんだろ？　ちゃんとごはん食べてるのかねぇ」

「大丈夫だろ」

一知也の傍にはあの男がいる。食事だって一緒にしているかもしれない。

「そうだ、大賀。何か作って持ってっておやりよ」

「けど帰り遅いなら、なにかしら食べて帰ってくるだろうし、行っても会えないし」

返した声が嫌そうに聞こえたのか、松婆が急に目を吊《つ》り上げた。

「それがどうしたって言うんだい。届けるだけでもいいじゃないかっ。こういうのは気持ちの問題なんだよ。自分のこと思ってる人がいるってわかるだけでも、ああ明日も頑張ろうって思えるもんなんだ。それが大事なんだよ。あんただって色々世話になったんだ、たまには差し入れしたってバチは当たらないはずだよっ」

「そりゃまぁ…」

差し入れぐらいならいくらでもしてやるが、躊躇《ちゅうちょ》するのはそういう理由じゃない。

今は一知也に会うのが少し怖いのだ。自分の気持ちにしろなんにしろ、測りかねることが多すぎる。けれど、顔を見たい気持ちも本当で――。

「じゃ、持ってくか」

考えるのがめんどくさくなって、大賀は行くことに決めた。会わないから、つまらないことを考えるのだ。会いたいなら会えばいい。他のことは全部後だ。

そうだ。どうせなら差し入れはおこわにしよう。赤飯と栗おこわならここでも作れるし、日持ちもする。帰る途中に寄って——まぁ不在だろうから、宅配ボックスに入れておけばいい。

「そうしな、そうしな」

満足げに頷く松婆に、大賀は微笑んだ。

◆◆◆

冬に近づいてきたせいか、最近は日が暮れると一気に冷え込む。この日、大賀は店を閉めてから、ダウンジャケットを羽織り、車で一知也の家に向かった。

マンションに着いて、紙箱片手に車を降りる。

——あれ？

マンションの照明につられて顔を上げて、一知也の部屋に明かりがついていることに気づいた。仕事が早く終わったんだろうか。それならちょうどいい。大賀は足取りも軽く部屋に向かった。

ベルを押すと、中から声がする。ガチャリと音がして一知也が顔を出した。

「大賀さん…」

顔を見て、一知也が息を呑む。

「どうしたんですか、急に」

「最近会えないからどうしてるかと思ってな。差し入れを持ってきたんだ。これ、赤飯と栗おこわだ。よかったら食べてくれ」

「ありがとうございます」

わずかなためらいののち、一知也が笑顔で受け取った。気のせいか表情が硬い。

「今日は早く上がれたのか？　家にいてくれて良かったよ。元気そうだし」

確かに元気ではあるが、どことなく落ち着かないようだった。いつもは満面の笑みなのに、今日は気もそぞろだ。

「今度時間があったら店に来てやってくれ。松婆がお前に会いたがって大変で……」

ふいに、廊下の右手にある扉がガチャリと動いた。

「桐谷、誰だった？」

脱衣所からからふわりと湯気が漏れ出て、中から半裸の男が顔を出す。スラックスに上半身裸の長谷川は、自分を見つけて「あっ」と小さな声を上げた。

「課長！」

慌てる一知也の姿に、夢のシーンが急激にフラッシュバックする。艶やかに濡れた体。貫かれながら「見ないで」と囁《ささや》いた一知也の声――。

「違うんです、大賀さん。これは…っ」

「お邪魔しました」

思いのほか声は無機質になった。くるりと方向転換をして部屋を出る。

「大賀さん！」

一知也の声はもう聞こえなかった。

ドドドと心臓が滝のような音を立てている。走り出しそうなほど早足でエレベーターに向かいながらも、頭の中は真っ赤だった。震えそうになる体を拳でこらえて、エレベーターに乗り込む。

――なんだ、あれは。

あの二人の雰囲気は。

忙しいと言ったのはなんだったんだ。自分からあの男を隠そうとしたのは？

気になることは山のようにあるのに、頭に血が上ってどれ一つまともに考えられない。ただ一知也が、今日に限って自分を部屋に上げようとしなかったのは確かで――。

――わからない。

あの夢は正夢《まさゆめ》だったのか？

「大賀さん！」

エントランスを出る前に、強く腕を摑まれた。階段を駆け下りてきたらしく、息が乱れている。

「違…っんです、話、聞いて下さい」

なにを？

なにを聞けばいいんだ。こうしている今も、あの男は半裸で部屋にいる。それは事実なのに。

「今日は仕事のことで話があって、たまたま…！」

「たまたま？」

大賀は失笑した。

仕事で部屋に入れて、なぜ服を脱ぐ必要があるのか。本当に仕事のことなら、そんなもの会社ですればいいことで——なんかもう、話がメチャクチャだ。

せめて正直に理由を話してくれればいいのに、どうして隠すんだろう。男同士だからか？

あの男のためにも、人にバレてはいけないと思ってるのか？

「もういいから」

一知也と車で話した時のことを思い出す。

あの時、一知也は好きな人がいると言った。会うたびに好きになるかっこいい人だと。

「隠さなくていい」

今ならわかる。

どうしてあの時、女性向けの褒め言葉が出てこなかったのか。なぜ一知也に片想いが多かったのか。

「前に言ってた好きな人ってあの人なんだろ？　よかったじゃないか」

そんなに好きなら、自分は応援するしかない。

「安心しろ。誰にも言わない」

「違う……」

ぎゅっと一知也の唇が噛みしめられた。

「全然違う！　大賀さんはなんにもわかってないっ」

「一知也、どう……」

「課長じゃない…っ」

ダウンジャケットに指が食い込む。

「あなただ！」

しがみつかれて、強い力にぞくりとする。指先が冷たい服に触れて、一知也がシャツ一枚の寒々しい姿だったことに気づいた。

「ずっと好きだった。初めて会った時から、ずっと…っ」

喉を絞るような悲痛な声が、胸に響く。一知也が初めて見せた激しい感情に、足元が崩れ

そうだった。

「なに言っ…」

笑うこともできなかった。

女とは違う、節《ふし》のあるしっかりとした手。自分を離そうとしない腕。綺麗な顔をグチャグチャにして縋る一知也に、頭が余計こんがらがる。

初めて会った時って、どういうことだ。店に来た時から？　あの時からずっと自分をそういう目で見て……？

考えがまとまらないまま、自分を引き留めている手を見る。わずかに震えている指は、今は愛おしさと異質感が同居していた。小刻みに揺れるせいで、緊張がこっちにまで伝わってくる。

「好きです、好き……」

消え入りそうな声で繰り返される。

嫌われることを恐れているんだろうか。告白しているのに、体からは怯《おび》えが伝わってくる。

その気持ちが痛々しくて、つい手が伸びる。とたんに、夢の中の淫《みだ》らな肢体が蘇った。

それが現実の一知也と重なって、バッと手を離す。その勢いに一知也が弾《はじ》かれた。

「あ…っ」

大丈夫かと声をかけようとして、自分を映す瞳に声が喉に詰まった。

苦しそうに自分を見る、見覚えのある目——あの夢と同じ目。

「悪い、帰る…」

それだけ言うのが精一杯だった。震えそうになる足を奮い立たせて、逃げるようにマンションを去る。

「大賀さん…！」

背中を追うように、一知也の声が響いていた。


車を走らせて家に帰ると、「おかえりー」と明るい声が聞こえた。家に上がると、夕飯を作っていた昂太がカレーを掻き混ぜながらこちらを見る。

いつもと同じ家の気配。家に充満したカレーの匂い。戻ってこられたことで強張った足の緊張が解け、膝《ひざ》が抜けそうになる。

「どうしたの、変な顔して」

掌《てのひら》で腿を擦《こす》り、気合いを入れ直して、大賀は「ただいま」と声を出した。

声が震えていないことにホッとする。けれど、やっと日常に戻ってきたのに、心臓はうるさく暴れて少しも落ち着かない。

「お腹空《なかす》いたでしょ。ごはんすぐ出すから座っててよ」

聞き慣れた昂太の声が、違う世界のもののように聞こえる。

「今日、一知也さんのところ行ってきたんだって？　元気だった？」

一知也の名前にビクッと体が反応した。返事をしようとして、言葉が喉に詰まる。座卓に座る気になれず、そのまま部屋に向かった。

「なぁにー？　ケンカでもしたのー？」

閉めた襖《ふすま》の向こうから、いい年して、と笑う声が聞こえる。

――ケンカなら、どれだけよかったか。

ゴチャゴチャの頭を抱えて、大賀は布団に突っ伏した。

◆◆◆

一知也から携帯電話に連絡がきたのは翌日だった。

『大賀さん、今いいですか』

店を閉める時間――一知也は働いている時間。少しでも話したくて、時間を無理に作ったことは容易に想像できた。

昨日はすみませんでした、と謝られる。お前は謝るようなことをしてないだろう。謝るな。

そう思ったが、声には出せなかった。

『昨日のこと、驚かせたとは思うけど正直な気持ちなんです。僕は本当に……。一度でいいから、真剣に考えてもらえませんか?』

それは昨日から考えていた。

考えて考えて、それこそ一晩中一知也のことばかり。

「悪い…。俺にはよくわからない」

それでも、答えはなに一つ見つからなかった。

「お前のことはいい奴だと思ってた。傍にいると心地よくて、正直、好きかもしれないって思ったこともあった」

電話の向こうから、かすかに息を呑む音が聞こえる。

「でも今はわからない」

それが自分の気持ちだった。

「本当に、わからないんだ」

こうして話していても、一知也が前とは別人のように思える。自分の知っている一知也とは違う、異質のもの。けれど夢の中の一知也とは、ぴったり重なる。

まるで手の中から、大事なものが零れてしまったようだ。そんな気持ちを、自分は上手く言葉で表すことができない。

一知也のことを考えるたびに次々と新しい感情が湧いて、自分に折り合いがつけられなくなる。

『大賀さん…』

「ただ、今はお前のことを考えるのがきつい……」

電話の向こうで音が消えた。

「すまない」

返答はない。

無音になった携帯を耳から話して、大賀は画面を見続けた末に、通話を切った。

一知也と繋《つな》がらなくなっただけで、胸が苦しくなる。なのに繋がっていても同じくらい苦しくて——大賀は携帯を摑んだまま、泣きたくなる気持ちをこらえ、天井を見つめて大きく息を吸った。


あの日から、自分の見える景色が変わった。

確かに目に見えているのに、映像を見ているかのようにどこか遠い。景色全てがぼんやりと映る中で、大賀はとにかく日々仕事をこなした。

一知也が店に来たのは、そんな時だった。休み時間を利用して会社を抜けてきたのだろう。不意を突かれて声も出せなかった自分の前で、一知也はショーケースを見た。

「豆大福二つ下さい」

「……ああ」

大賀は商品を包むと「三百二十円」と口にする。一知也は料金を払うと、黙って店を出て行った。

その後も、一知也は数日おきに店に顔を出した。毎回、淡々と違う商品を注文していく。すぐに止めるだろうと思ったそれは、少しも終わる様子を見せない。一知也の顔を見るたびに、重たいものが澱《おり》になって心に溜まっていく。

なぜ来るのか、なにも言わないのか。一知也の気持ちが見えない。

正直、来られてもどうしようもない。どんな顔をして会えばいいのかもわからない。自分を見つめるまっすぐな目——告白の時と同じ目に、「もういい、止めてくれ」と言いそうになった。

戸惑いを見せてもなお、ひたむきに想い続ける目。そんな目を誰が受けたいものか。

「この菊花《きっか》と、寒椿《かんつばき》を下さい」

「どういうつもりなんだ?」

繰り返される日々に、先に音《ね》を上げたのは大賀の方だった。

こんなことをして、一知也に一体なんの得があるのかサッパリわからない。地味な苦しさと疑問は、体をじわじわと蝕《むしば》んでいた。

このままでは息苦しさに溺《おぼ》れてしまいそうだ。海面に上がることもできず、一知也の腕の中に囚《とら》われてしまう。

それはある意味、心地いいのかもしれないけれど——。

「来られても困るんだ。俺が今言えることはなにもない」

一知也は俯《うつむ》いた。

「大賀さんは、ズルい」

ボソリと言われた。

「わからないから一生そのままにするんですか？　僕の気持ちを放って、それで終わるつもりですか」

一知也がバッと顔を上げる。

「それなら今振って下さい。その方がよほど親切だ！」

大賀は唇を噛みしめた。

付き合えない。愛せない——その一言で区切りをつけられる。だから言えと、トドメを刺せと一知也は言う。

当然の願いだ。だが、それも言いたくなかった。自分から一知也との縁を断ち切りたくない。

気持ちがわからないなんて嘘だ。

本当は好きだと思う。惹《ひ》かれている部分は確実にあって、それは友情とも違う気がしている。だからこそ悩んでいたし、長谷川と一緒にいたのもショックなら、自分には見せない顔を彼に見せていたことも悲しかった。告白された時も、動揺しながら、心の奥底で一瞬嬉しい気持ちが湧き上がっていた。

ただ踏み出せない。

だってどうなる？　昴太は。この店は。

これは自分一人の問題じゃない。生活がかかっているのだ。養わなければいけない弟もいる。一時の感情で捨てられるものなんて一つもない。

周りを巻き込むことも怖いなら、世間からはみ出すことも怖い。当たり前だ。自分はこの街で、町内会の人達と共に生きていかなければいけないのだから。

商店街は保守的だ。余所者《よそもの》も、異端も嫌う。昔気質の爺婆は、こんな関係を受け入れないだろう。下手《へた》をすれば、それは父と母の名誉を傷つけ、昴太を見る目まで変えてしまう。

両親が遺《のこ》した店を自ら潰すようなこと、できるわけがない。向こう見ずが許される年ではないのだ。

全てを壊すと知りながら、心の赴くままに行動する勢いは——持てない。

「時間を、くれないか」

「いつまで？」

ぴしゃりと声が飛んできた。

「待てば結論を出せるんですか？　本当はもう心に決めてあることがあって、口に出せないだけなんじゃないですか」

そうでしょう？　と悲しい目で尋ねられる。

「言って下さい、大賀さん。僕は答えをもらえない限り諦め切れない……」

一知也の声が辛そうに潰れる。

悲痛な声を聞きながら、この男が好きだと改めて実感した。

男同士という関係に、違和感がないわけじゃない。正直今も、異質さはある。安易にこの感情を恋愛と結びつけることに、抵抗している自分もいる。けれどそれ以上に、まっすぐ自分に向かってくる一知也が愛おしかった。

夢の中で、一知也に手を伸ばしたことを思い出す。あの時自分は、彼を取り戻そうとしたのだ。

「お願いだから、言って……」

泣かないでくれ。泣かせたくない。

そう思うのに、求められている言葉は喉に詰まって出ない。

一緒に生きていける道があるなら、どれだけよかっただろう。

一知也と過ごした時間は楽しかった。いつの間にか惹かれていて、多分もう好きになっていた。けれど。

「すまない」

大賀はより深く頭を下げて、同じ言葉を繰り返した。


あれ以来、一知也の姿は見ていない。店に来なくなった一知也に、松婆が嘆いている。

「一知也ちゃんとケンカしたのが原因らしいじゃないか。昴ちゃんから聞いたよ」

家の情報は筒抜けらしい。毎度のことながら早いな、と思う。

「いい年してケンカ一つこんなに長引かせて、全くなにやってんだか。さっさと謝りな」

「なんで俺が悪いって決めつけてるんだよ…」

「あんた以外誰が悪いって言うんだい」

即答されて「そうだな」と失笑する。遠くに目をやっていると、松婆が奇妙な顔をした。

「大賀、あんたどうかしたのかい？」

「いや？」

「けどさ……」

ガラッと店の戸が開く。

「いらっしゃいませー」

松婆が声をかける。つられて客の方を見て、大賀はギョッとした。スーツ姿の長谷川が、自分を見てにっこりと微笑む。

「少しお時間いただけますか」

物静かなそれは、お願いと言うにはあまりにも強い、有無を言わせない迫力があった。


立ち話もなんなので、とりあえず二人で長椅子に座った。松婆が「ごゆっくり」とお茶を置いてから外出する。二人きりになってから、大賀は先手を切って頭を下げた。

「先日は失礼しました。きちんと挨拶もできなくて…」

「こちらこそ見苦しいところを見せてしまって」

その一言で彼の半裸姿を思い出してしまい、複雑な気持ちになる。

「桐谷から親しくさせていただいているとは聞いていましたが、家に来るような仲だったんですね。知りませんでした」

「はぁ」

そうだ。この人はあの日ずっといたのだ。自分がいなくなった後も。

「あの後、一知也は……」

「ちゃんと戻ってきましたよ。かなり動揺していましたが」

辛そうだった顔が蘇って、胸が痛くなる。

「桐谷はなかなかの頑固者でしてね。どれだけ聞いてもなにも言わないんですよ。泣きそうな顔はするくせにね」

ふっと長谷川は笑った。

「だから、あなたにも力を貸してもらおうと思いまして」

「え」

「今、彼には内示が出てるんです」

言ってから、「ちょっと違うかな」と長谷川は言った。

「社内公募の推薦枠への参加なんですけどね。海外赴任になるんですが、行けば確実に上への道が開く。こんな機会を逃す奴なんて、普通いないんですよ。それに応募するように上から言われるのは、確定したも同じなんです。なのに桐谷は、頑としてその推薦を受けようとしない。拒み続けている」

仕事のことで話があって――一知也の言葉が蘇る。

「でも会社が行かせたいのは彼なんですよ。私も彼を一番行かせたいと思ってる。だから、社外でもああしてしつこく説得していたわけなんですが」

難しくてね、と軽く笑われる。

「正直、彼がこんな風に逆らうことは初めてで戸惑ってるんです。出世の道を自らの手で閉ざすほど、無欲だとも思ってない。それで気づいたんですが、どうやら行くには心残りがあるみたいで」

長谷川は、まっすぐにこちらを見た。

「桐谷のために、背中を押してやってもらえませんか？」

――一知也が、日本からいなくなる……？

長谷川が一知也の家にいた理由。一知也が早急な結論を迫った意味。なにもかもが一気に理解できる。組んだ指に、ぎゅっと力が入った。

「それは、あなたでもできるんじゃないんですか？」

「残念ながら」

にっこりと微笑まれた。

「あなたにしかできないでしょう。あの日、戻ってきた時の顔を見て、よくわかった」

ドキッとして、長谷川を見る。

「無理にとは言いません。そちらにも考えがあるでしょうから」

「お茶、ごちそうさまでした」と、長谷川が立ち上がる。出て行こうとして、「ああ、最後に一つだけ」と振り返った。

「あの日のことは誤解ですよ。コーヒーを零してシャツを洗っていたんです。結局染みは落ちませんでしたが」

言われて、思い出す。あの時、確かに長谷川は手に白いものを持っていた気がする。

「けど、実際のところは間違えてないかな。そうなれたらとは思っていたので」

爽《さわ》やかな物言いに、すうっと血の気が引く。

「では、また」

カラララと戸を開けて、長谷川が出て行く。しばらくすると、入れ替わるように松婆が戻ってきた。

「さっきの人、なんだって？」

大賀はなにも言えずに視線を落とした。

◆◆◆

「はぁ？　見合い？」

客のいない店内で、大賀は夕方から奇妙な声を出していた。

「そうなんだよ。どうだい？」

「どうもこうもないだろ。なんだ、見合いって」

「いい話なんだよ。店を一緒にやってもいいって言ってくれていてね」

「おいこら、人の話を聞け」

「いい娘さんで。あっ、写真見るかい？」

「聞けって言ってんだろ」

一方的に話を続ける町内会長に、大賀は言い返した。だが相手も負けてない。聞いてもいないのに、詳細を教えてくる。

正直、そんな気持ちにはなれなかった。

長谷川が店に来てから三日。頭の中は一知也のことばかり。長谷川から言われたことがグルグル回っている状態で、結婚なんて考えられるわけがない。

しかし、渋れば渋るほど町内会長はやる気を見せ、横に広い小さな体で身振り手振りを激しくして見合いを推《お》してくる。

「うるさいっ」

全く話を聞かない婆に大賀が切れたのは十分後だった。「いい加減にしろ、商売の邪魔なんだよっ」と言い放ち、追い出しにかかる。手で払われて、町内会長は傍で成り行きを見ていた昂太に声をかけた。

「昂ちゃん、なんとか言っておやりよ」

「昂太。相手しなくていいぞ」

「まあまあ二人とも。町内会長もあんまりハッスルしないで。血管に負担かかるよ？」

「そんなこと言ってる場合じゃないんだからね、昂ちゃん」

昂太には優しい町内会長が困ったように言うと、キッとこっちを睨《にら》みつけてきた。

「あんたももういい年なんだから、フラフラしてないでちゃんと身を固めな。そんなことじゃ玄さんが泣くよ。一人で店やってくのが限界なのも、もうわかってるだろ？」

それは事実だった。松婆がいなければ、今のやり方はできない。今日のように昂太が学校帰りに店番をしてくれても、だ。

「今時和菓子屋に嫁《とつ》いでくれる人なんて、なかなかいないんだからね。あんたも、こんないい話断るってんなら理由言いな、理由！」

「だから、そんな気になれないって言ってるだろっ。それのなにが悪いんだよ」

「悪いだろ！　後継者が跡継ぎも作らず嫁《よめ》も取らずじゃ！　それともあれかい。好きな子でもいるのかい？」

グッと黙る。

「だったらそれでいいんだよ。いいお嬢さんがいるのならね。で、その人は店を一緒にやってくれそうなのかい？」

迫ってくる町内会長の前で、大賀は視線を落とした。

残念ながら、一緒に店をやるのは不可能だ。男だから、自分の元に嫁いでくれることもない。

「そんな人はいないよ……」

「じゃあ断る理由ないじゃないか」

大声で言われる。

「まさか独身で通すつもりじゃないだろうね。三代続いた店だよ？　あんただって続けたいからこそ、ここまで必死に守ってきたはずだ。それとも昂ちゃんの子に後を任せる気かい？」

「違……！」

昂太の未来を縛るつもりはない。

「にしたって、昂ちゃんが一人前になるまでだってまだあるじゃないか。それまで、大黒柱であるあんたが盛り立てていかなきゃ」

「いや、俺のことはいいから」

「昂ちゃんは黙ってな！」

ギロリと睨みつけられて、昂太が一歩引く。

「私らもこの店が好きなんだ。ずっと続けてほしいから言ってるんだよ。失《な》くしたくないんだ」

「わかってる…」

「だったら、私らのためにも前向きに。ほら、見るだけでも見なさい。かわいい子だから！」

分厚い表紙を捲《めく》り、大判の写真をバンと見せられる。その勢いに、大賀は失笑した。

恋人もいないのに頑《かたく》なに拒んでいるから、町内会長もムキになるのだ。そりゃそうか、変だもんな。とふと思った。

別に拒む必要はないのだ。どのみち一知也への答えをこれ以上保留にはできない。

一知也は前に、長谷川のようになりたいと語っていた。彼のためを思うなら、自分がどうすればいいのかはわかりきっていて。ああ、そうか。だったら——。

「あのね、町内会長。実は兄ちゃんには……」

「わかったよ」

「えっ」

町内会長と昴太の声が重なる。

「見合い、受けるよ」

「兄ちゃん⁉」

昴太が飛びついてきた。

「なに言ってんだよ！　ダメだよ、一知也さんが……！」

「話進めてくれ」

ちょうどいい機会じゃないか。これで自分もケリをつけられる。見合いをすれば、後継ぎの務めも果たせる。将来、昴太に迷惑をかけることもないだろう。すべてが丸く収まる。

店を継いだ以上、店のために生きるのが当然。最初からこうすればよかったのだ。

「よかった。やっとわかってくれたんだね」

町内会長がにっこりと微笑む。

「待ってな、すぐに日取り決めてくるから」

「頼む」

「兄ちゃん！」

「俺のことだ。口出しするな」

重い一言に、昂太がグッと黙る。

連絡して来るよ、と町内会長は、短い足もなんのその、風のような速さで店を出て行く。

丈夫な足腰だと後ろ姿を見送っていると、昂太と目が合った。不満げに自分を見据える目を、大賀は見ないフリした。


その日の仕事終わりに、一知也に電話をした。数回の呼び出し音で電話が繋がる。

『はい』

「一知也か？」

『…はい』

ためらいがちな声が聞こえた。

「久し振りだな。元気か？」

『はい。大賀さんも…』

懐かしい声だ。

なんのために電話をしているのかわかっているのに、聞いたとたん、会いたい気持ちが胸に溢《あふ》れた。決意が揺らぎそうになって、大賀は息を大きく吸う。

「会ってくれないか？　話があるんだ」

会いたい。顔を見たい。声が聞きたい。あの匂いを嗅《か》ぎたい。懐かしさでたまらなくなる想いが、言葉と共にゆっくりと鉛で覆われ、潰されていく。

自分がどういう意図で呼び出しているのか、一知也は気づいているはずだ。そして来る。きちんと区切りをつけて、次の人のところへ行くだろう。

自分も、一つの想いを終わりにできる。

『行きます』

これはいいことなんだ。そう思っていても、視線が落ちる。

『行きます、大賀さん』

愛しさと苦しみが胸の中で混ざり合って、大賀はきつく目を伏せた。

夜遅く、一知也は店にやってきた。店内は肌寒《はだざむ》さもあいまって、いつもにも増してひっそりとした空気を醸し出している。コート片手にその中に立つ一知也は、やはり映画のセットの中にいるような違和感があって、少し笑った。

「お久しぶりです」

「ああ」

カウンターから一知也の顔を見る。

「ちょっと痩《や》せたか？」

一知也は笑みを零す。

「いいえ。大賀さんこそ」

「そうか？　俺は食べてるけどな」

風邪も引かないし、とどうでもいいことを言いながら、二人で長椅子に座る。

どちらからも口を開かず、店の中が静かになる。まるで雪原の中にいるみたいだと思う。音のない、自分がちっぽけに思えるような空間。ああ、でも少し違うな——かすかに聞こえる空調の音を聞きながら、大賀は口を開いた。

「この間はすまなかった」

静まり返った店に声が響く。

「店に来てくれた時、ひどい対応しかできなくて。あれじゃお前、辛かったよな」

一知也は首を横に振った。

「僕が勝手に急いだんです。悩ませてることはわかってたのに……」

「それだけ不安だったんだろ？」

一知也がこちらを見た。

「わかるよ。ごめんな」

嬉しさと悲しさの入り混じった目が辛そうに細められる。なにかを言いかけて、一知也は俯いた。

「連絡が来た時、嬉しかったけど怖かった」

ポツリと言われた。

「予想と違えばいいと何度も思って。OKしたことを後悔もした。都合が悪いって言えばよかった、あんなこと言わなければよかったって…」

一知也が苦しげに顔を上げた。

「もう、誤解もさせてくれないんですね……」

泣き出しそうな顔に、大賀は微笑んだ。

「答えを引き延ばして、悪かったと思ってる」

一知也は視線を落とす。

お互いわかってはいるのだ。引き延ばしてもいいことにはならない。区切りをつけるしかないと。

それでも、と思ってしまうのは、二度とこんな風に会えなくなるからだろうか。

「大賀さん、初めて会った時のこと覚えてますか？」

ふいに言われた。

「僕は覚えてます。傘を差し出してくれて。おばあちゃんに怒られて」

一知也は懐かしそうに笑う。

「一目惚《ひとめぼ》れだったんですよ」

言いながら、ふふっと息を漏らした。

「でも、最初は怖い人かなとも思ったんです。怒ってるみたいだったし。けど『気遣わないでいい』って言ってくれたでしょう？　それで、あ、この人本当に怒ってないんだ。優しい人なんだってわかって」

覚えている。一知也が初めて商品を買った時だ。

「じゃあ嫌われてないのかなって、ドキドキしながら足を運んで。大賀さん、困った顔してるのに律儀に相手してくれるから、話すたびに好きになっちゃうんですよね。よく見れば気持ちも結構顔に出てるし、笑った顔見たいなぁなんて思った時には、もう僕の方が完全に落ちちゃってた」

「……」

「おばあちゃん達からも毎回庇《かば》ってくれましたよね。大事にされてる感じがして、あれ、嬉しかった…」

吐息を漏らすように言われて、胸がきゅうっと詰まった。

そんな風に思っていたなんて気づかなかった。今まで自分が見過ごしてきた一知也の想いが愛おしくなる。思わず手を伸ばしかけて、大賀は拳で握り潰すようにしてそれを留めた。

バカだな、と自嘲《じちょう》する。

こんな時に抱きしめたくなっても、仕方がないのに。

「なんとも思われてないのは知ってました。自分は対象外だろうってことも。なのにこの間、『好きかもしれないって思ったことがあった』なんて言うから」

「一知也」

「諦めが…っ」

声が悲痛になっていく。一知也は泣き出しそうな顔を手の甲で隠す。俯く一知也に、大賀はもう一度、優しく名前を呼んだ。

顔を上げようとしない姿を見つめたまま、じっと付き合う。息が整うのを待ってから、再度名前を口にした。

「俺、見合いをするんだ」

一知也が弾かれたように顔を上げた。

「結婚しようと思ってる」

「そう…ですか…」

予想外の言葉だったんだろう。戸惑いが伝わってくる。

「一緒に店をやってくれる人と身を固めて、店を続けていきたいんだ。だから、付き合えない」

別れの理由を、暗誦《あんしょう》するように口にする。気持ちを込められなかった言葉が、「付き合えない」と口にした時だけリアルになった。一知也の視線が落ちる。

「そっか。……残念だな。せっかく仲良くなれたのに。おばあちゃんとも、昂太君とも……」

さみしげに漏らされる。すまないな、と声をかけると、首を横に振られた。時間をかけて、震えるような長い呼吸を何度も繰り返す。それから笑みを向けてきた。

「仕方ないですもんね、こういうことは。よかった。ちゃんと言ってもらえてスッキリしました」

けれど、その顔は今にも崩れそうだった。

頬を小刻みに震わせた、無理に作った笑顔。泣かないように懸命に見開いている目。気づかれないように、服で隠している、精一杯自分を奮い立たせている拳。見てはいけないものを見た気がして、大賀は目を細める。

「大賀さんなら断られることなんてないから、もう確定みたいなものですよね。結婚したら、幸せな家庭になるんだろうな。大賀さんの赤ちゃん、すごくかわいいでしょうね。素敵な旦《だん》那《な》さんで、奥さんが羨《うらや》まし……」

失言だと思ったのか、一知也は急に顔を背けて立ち上がった。

「帰ります」

「一知……」

「今までありがとうございました」

声の震えを隠そうとしているのか、一息で言われる。

「お幸せに」

精一杯の笑顔を見せて、入口に向かう。

「お前もな。仕事でいい話もらえてるんだろ？」

ピクリと一知也が反応した。

「上に認められてるなんてすごいことじゃないか。頑張れよ」

「大賀さん、それ……」

驚愕《きょうがく》したように目が見開かれている。

「俺も、応援してるから」

視線がさ迷って、悲しげに床に落ちた。

「そうですね…」

出て行こうとしていたのに、一知也はそう呟《つぶや》いたきり足を止めてしまった。ためらってから、こちらを見てくる。

「最後に一つだけ、聞いてもいいですか？」

細い、切なげな声だった。

「ああ」

「僕といて、少しはよかったですか？　一緒にいて楽しかったって、思ったことありましたか…？」

目の奥で痛みがちらついている。

その更に奥に、小さな燻《くす》ぶりがあった。消そうとしても消えない、自分と同じ燻ぶり。

「……思ってたよ」

傍にいると心地よかった。多分一知也が思うよりも深く、好きになっていた。

「楽しかった」

その一言で、形作られた笑みが崩れた。

笑おうとした唇が軽く震える。見逃してしまいそうなほどかすかな仕種の陰で、目の奥の燻ぶりがゆっくりと消える——恋を諦めたその顔を見たとたん、自分の中でなにかが切れた。手を摑み、引き寄せる。唇から伝わってきた震えで自分のしたことに気づき、腕を突っ張るようにして自分から一知也を引き剝《は》がした。

「大賀さ…」

体に渦巻く衝動が激しくて、離れた勢いで自分の細胞が何個か引きちぎられた感じがする。腕の先に、目を見開いている一知也がいる。ゆっくりと手を離すと、一知也は泣きそうな顔で視線を落とし、唇を嚙みしめた。その頰を包んでやりたくなる手に意識的に力を込め、精一杯笑顔を向ける。

「元気でな」

幸せになれよ。そんな言葉は呑み込んだ。

このまま、なにも気づかず出て行ってくれ。戻ってこないでくれ。でないと自分は隠し切れなくなる。

心の中で葛藤を続けながら、大賀は一知也に背を向けた。固まったように動かない一知也を残して、一人長椅子に座る。

そのまま背中を向けていると、五分ほどして一知也はのろのろと動き出した。何度も逡《しゅん》巡《じゅん》するように足を動かして、ためらいがちに戸の方へ向かっていく。

一知也はなにかを言いかけたのかもしれない。

けれどそれは、言葉にはならなかった。カララと音がして戸が開き、足元に冷たい風を流しながら、一知也を闇に呑み込んで戻る。

一人きりになった店の中で、大賀は長いこと動かなかった。

遠ざかっていく足音が聞こえなくなっても、動けなかった。どれだけ耳を澄ましてもなんの音も聞こえなくなってから、ようやく顔を上げる。

戸の方を見る。当たり前だが一知也の姿はなかった。こんな状態なのに、一知也がいることを期待していた自分に笑ってしまう。

これでいい。

自分は間違ってない。これで一知也は、なんの心残りもなく海外に行けるはずだ。そう思うのに、なぜこんなに胸が苦しくなるのだろう。

呼吸ができない。体の感覚が薄まって、体全体が冷えていくようだった。急に寒さを感じる店の中、ただ、一知也に触れた部分だけが熱い。

感触の残っている唇に手をやって、大賀はぼんやりと一知也のいた場所を見た。

今ならわかる。告白してきた一知也に動揺した理由が。

一知也の身体《からだ》を意識して、それを意識している自分にギョッとした。好きだと言われて、心の奥で一知也の身体を欲していた自分に気づいて恐ろしかった。

一知也に恋をしていることを知らなかったのだ。とっくに好きになっていたのに……。

大賀は大きく息を吸った。

こんな気持ちは今日を限りに捨て去ってしまえばいい。みんなここに置いてくのだ。大丈夫だ。明日になれば忘れられる。

今までだってそうだった。どんなことも、そうしてやり過ごしてきた。いつものように仕込みをして、店を開いて、婆達の賑やかすぎる喋《しゃべ》りを聞きながら、日々を過ごしていけばいい。

だがその中に、もう一知也はいない。会うことはないのだと思うと、虚しさに視界が滲《にじ》んだ。

こんなことが悲しいわけがない。世界中にいる人の中で、たった一人と会えなくなることくらい、なんてことはない。だから耐えられる。耐えていれば、忘れられる。ほんの少しの我慢だ。

そう言い聞かせて、そうしなければいけないほど深く一知也が自分に食い込んでいることに気づいて、失笑した。

これで全部終わるのか。一知也は自分を忘れて、自分を好きだと言ったその口で、違う誰かに愛を語るようになる。そうなるまでに、さほど長い時間はかからないのだろう。恋愛なんてそんなものだ。一時の感情に溺れるだけ。だから……。

——今だけだ。

こんな感傷に浸るのはこれが最後だ。明日からは前を向く。見合い相手とも向き合って、精一杯愛していく。そう思っているのに、心が一知也を呼ぶ。

一知也。一知也。一知也。一知也。一知也。一知也。バカみたいにそればかり。振ったくせに、呼べば戻ってきてくれるとでも思っているんだろうか。

なんなんだ、自分は。どうかしてるんじゃないのか。

壊れたプレーヤーさながら、同じ言葉を脳内で叫び続ける自分に笑いが漏れる。おかしくなってきて、額に手をやって一人で笑った。

誰にも聞かれていないのをいいことに、呆れるほど声を出して笑う。けれどその声も、大した間も持たず、力なく消失していった。そしてまた溜め息に戻る。

指が、懐かしむように唇に触れる。触れ合った余韻を求めるかのように、大賀は長い間、唇から手を離せずにいた。

◆◆◆

大賀は一週間後、見合いをした。自分の印象はさほど悪くなかったらしい。相手からは話を進めたいと言われたそうだ。大賀は了承した。

そうしてまた、いつもと同じ日々を繰り返している。その日は午後の商品作りと翌日の仕込みをしながら、コンテスト用の作品作りを再開した。

作るのは久し振りで、勘が戻ってこない。そのうえ、どの案もパッとしない。色々と手を加えてみたもののイマイチさは薄れなくて、疲れて休憩に入った。

頭の中に、一知也が言ったススキがちらつく。一知也の髪まで思い出すのは、色が近いせいだろうか。大賀は失笑して、頭から一知也を払った。

焼き菓子を芯材に、粉糖や金箔《きんぱく》、求肥《ぎゅうひ》でススキが作れないだろうかと考えながら、手慰みに手元にある練り切りで猫を作る。眠る猫を手の中に完成させてから、なにやってんだ、と我に返った。バカらしいと手で潰そうとして、ふと蘇った一知也の笑顔に手を止める。

そういえば一知也は、こんなのが好きだった。

自分の前で見せた子供みたいな笑顔を思い出しながら、手の中の猫を見つめる。長い間の後、大賀は作った猫をそっと横に退《ど》けた。

「どうだい、作品作りは。上手くやってるのかい？」

「なんとかな」

扉越しに近況を聞いてくる松婆に、大賀は正直に答えた。松婆は相変わらず元気だ。一知也が来なくなって前のようにはしゃぐことはなくなったが、それは元に戻っただけ。元気さとしては変わりがない。

「そうかい、そりゃあよかった。ところで、見合い相手とはどうなんだい。上手くいってる

い。

相手だって店の状態は判断材料の一つにするだろうから、今の内に全部晒しておいた方がい

「そんなにしょっちゅうじゃない」

見合い相手を店に呼んだのは、一緒にやっていく場所は見せておかないとと思ったからだ。

のかい？　ちょくちょく店に来てるようだけど」

「ここも変わっていくのかねぇ」

松婆は妙にしみじみと言った。

「変わってくるんだろうね。最近はあの子も来ないし」

磨《す》りガラスになっている扉の窓から視線を感じたが、あえて気づかないフリをした。それに気づいたのか、松婆はわざわざ近づいてくる。作業場に入れるわけにはいかず、大賀は道具を片づけてから、商品を乗せたトレイを手にカウンターに向かった。出来上がった商品を黙々とショーケースに並べる。

「なにかあったのかい？」

「……」

「あの子、もう来ないのかい？」

顔を逸らしても、松婆の視線はこっちを向いたままだ。大賀はためらってから「ああ」と答えてショーケースを閉めた。

「すまないな、老後の楽しみを減らして」

「そりゃいいけどねぇ」

いいと言いながら、松婆は溜め息をつく。

「あんたはそれでいいんかね」

見つめられて、大賀は黙った。そんな答えにくい質問をされても困る。

「なにがあったか知らないけど、ホントにこのままでいいのかい？　絶対後悔しないかい」

「松婆には関係ない」

ようやく、それだけを言えた。松婆の顔が歪む。

「違うんならちゃんとやりな」

「ちゃんとってなんだよ」

「んなもんわかってるだろ、自分で」

大賀はグッと喉を詰まらせた。松婆はカウンターの前を陣取ってこっちを見てくる。こうなると、視線を逸らしても無駄だった。目を背けていたら、松婆には絶対に勝てない。大賀は顔を向けた。

「あのねぇ、大賀。私はあんたに、自分を苦しめるような真似《まね》をしてほしくないんだよ。自分の気持ちに逆らったって、なんにもいいことないんだよ？　素直になりな」

「なってるだろ」

「どこがだい。あんたが素直だったこと、一度だってあるかい。いっつもひねくれてばっかで」

大賀は失笑した。

「そりゃ悪かったな」

「茶化してるんじゃないよ、自分のことだろ？」

睨まれて口を閉じる。聞きたくないことばかり言われて、自然と声が低くなった。

「もういいだろ。疲れてるんだ、勘弁してくれ」

「大賀……」

松婆は困ったような顔で手を握ってきた。

「しっかりしな。あんたがそんなんじゃ玄さんが浮かばれないよ」

大賀は松婆をねめつけた。手を振り解《ほど》こうとして、思いのほか強い力に留《とど》められる。

「親にとっちゃね、子供はなにより幸せになってほしいんだよ。それは昂ちゃんだけじゃない。あんたもなんだよ。私は家族じゃないけどね、玄さんの気持ちも頼子《よりこ》さんの気持ちもわかってるつもりだよ。そうやってあんた達を見守ってきたんだ。なのに、肝心のあんたがこれじゃダメじゃないか」

「だから結婚して幸せになるんだろうが。なにが悪いんだよ」

「悪いだろ、そんな顔しといて！」

怒鳴られて、大賀は松婆を睨んだ。なんでこんなことまで言われなきゃいけないんだ。じゃあどうすればよかったと言うんだ。

なにもわかってないくせに。自分がどんな気持ちで一知也と離れたのか、知りもしないのに。

「眠たいこと言ってんじゃないよ、大賀。こんなことに目ぇ塞《ふさ》いでどうするんだい。自分一人幸せにできないで、あんたは誰を幸せにするって言うんだいっ」

「うるさいっ」

大賀は手を振り解いた。

「なんなんださっきから。家族じゃないなら黙ってろよっ。人ん家《ち》にどこまで首突っ込むつもりだ。年取ってるのはそんなに偉いのか！　なに一つ間違いはないのかよ！」

「大賀……」

「俺だって色々考えてるんだ。考えてこうしたんだ！　なのにイチイチ余計な口出ししてっ……！　一体俺を使って誰に物言ってんだよ！　俺は義男《よしお》おじさんの代わりじゃないっ」

言ってからハッとした。

「あ……」

言ってはいけないことを口にしたことに、こっちが動揺した。松婆が亡くなった息子《むすこ》――義男おじさんのことを忘れていないのは知っていた。子供の頃から惜しみない愛情で、自分達兄弟をかわいがってくれたことも。両親だって、松婆を実の母のように慕っていたのに。

「松婆。違う、今のは……」

松婆が背を向ける。

「悪い、そういうつもりじゃなくて」

思いやりを有難《ありがた》いと思ってないわけじゃない。松婆は振り向かない。どうしよう。自分は取り返しのつかないことを——。

「松……」

松婆の背中が丸くなっていく。様子がおかしい。

「松婆？」

大賀はカウンターから出た。蹲《うずくま》る松婆の顔色が悪い。

「どうしたんだ、松婆。苦しいのか？」

「う…」

「松婆？　しっかりしてくれ、松婆っ」

声をかけている間にも、顔色はどんどん青ざめる。見たこともない弱々しい姿に、背筋がゾッとした。ただでさえ小さい体が、更に小さく、丸くなっていく。

大賀は店の電話に飛びついた。

◆◆◆

「大丈夫ですよ」

「本当ですか？」

医師の言葉に、大賀は顔を上げた。仕事着にジャンパーを着ただけの姿が、どれだけ焦っていたのかを伝えていたのかもしれない。こちらを気遣っているのか、医師の声は優しかった。

「最近急に寒くなりましたからね。心臓に多少負担がかかりやすいようだし、体が急な変化についていけなかったんでしょう。少し休めばよくなります」

「そうですか」

大賀はホッと息をついた。

「年齢からみると健康ですよ。ああでも、歯が丈夫だからってなんでもかんでも食べないように伝えておいて下さい。胃に優しいものを心がけて。胃も年取ってますからね」

「…はい」

医師の忠告で、松婆の年齢を改めて思い出す。自分が大人《おとな》になった分、松婆も年を重ねている。わかっていたのに、それがどういうことなのか、今の今まできちんと認識していなかった。

礼を言って、大賀は診察室を出た。その足でさっき聞いた病室に向かう。

入院病棟に行き、三階にある四人部屋の扉を開けると、窓際左端のベッドに松婆がいた。三人の患者がいる部屋は、今は二人いるだけだ。そのせいか、少し閑散とした雰囲気があった。

松婆は眠っているらしい。

大賀は顔を覗《のぞ》いて寝ていることを確認すると、折りたたみ椅子を取り出して、ベッドの傍に腰かけた。布団の上から小さな体に触れて、ようやくホッとする。

本当によかった。松婆になにかあったらと思ったら、気が気じゃなかった。これ以上大切な人を失うのは耐えられない。

「なんて顔してるんだい。大きなナリして」

松婆の声がして、大賀は顔を上げた。

「その顔、久しぶりに見たねぇ」

松婆と目が合う。

「けど、なんでここにいるんだい？　店はどうしたのさ」

「昴太が店番してる。学校から帰ってきたところで、ちょうどよかったよ。それより松婆、具合大丈夫か？　どこか辛くないか？」

「辛いっちゃ辛いねぇ。でも年だからね」

あっさりと松婆は言う。

「心臓があまりよくないって……」

「私を何歳だと思ってんだい、そのくらいあるわさ」

「すまない、俺、なにも知らずに」

「別に謝ってもらう必要はないよ。このぐらいの年になると、病気数えるのが趣味のようなもんだ。悪いところは両手の数ほど持ってて当たり前なんだよ。心臓は鍛えられないしねぇ。ま、多少は病気持ってないと、ここにも来れないからね。せっかく仲間ができたのに、全く通えないのも困るし…」

「……」

どうやら病院は社交場になっているらしい。なんとも言えずにいると、松婆の手が目についた。松婆の皮膚はシワシワで乾燥していて、脆そうだ。父に勝るとも劣らない、働き者の手だった。大賀はベッドから出てきた手を守るように、そっと掌を重ねた。

「俺、松婆は百五十歳まで生きるんだと思ってた」

「わたしゃ妖怪《ようかい》かい」

いつもと変わらないツッコミに、大賀はふっと口元を緩める。

「さっきは本当にすまなかった」

頭を下げると、松婆は笑った。

「いいよ。私も言いすぎた。それに、ああまで抵抗したことで、あんたが誰を想ってたのかよくわかったし」

「それは…」

「そこまで想える人ができて、よかったね」

大賀は苦笑した。

「よくはないだろ」

一知也は男なのに。

「いいんだよ。男でも女でも犬猫でも幼女でも、あんたが大事だって思えるんならそれで」

幼女はさすがにまずいだろと思ったが、松婆はそこを気にすることもなく、ふうと息をついた。

「私はねぇ、ずっと心配だったんだよ。あんたはすぐ我慢するから。欲しいものがあっても『いらない』なんて、平気な振りして拒んだりしてさ。あんたは聡《さと》い子だから、店の台所事情にも小さい頃から気づいてたし。昂ちゃんができた時も率先して面倒を見て、玄さん達が亡くなった時も涙一つ見せなくて」

そうだっただろうか。覚えてない。

いや、本当は覚えている。思い出したくないだけだ。あの日のことは、記憶の奥底にしまって、長いこと目を向けていない。

「ありゃ悲しかったねぇ。泣いてくれたらどんなにか……って思った。あんたはもう無表情どころか、責任感で怖い顔になってたし。どんだけ無理してるのかって思ったら、もうたまらなくてねぇ。周りは立派になったって褒めてたけど、そんなの違うじゃないか。悲しい時は泣かなきゃダメだ」

大賀は両親を見送った日のことを思い出した。

火葬場から天に上がっていく灰色の煙。それを見た時の、足元の心許《こころもと》ない感覚。店と昂太を守ると誓いながら、力なく空を見上げていた自分。

そんなに昔の話じゃない。子供じゃないんだから人前で泣くわけがない。けれど、突然の別れが悲しくなかったわけではない。

本当は辛かった。

もう両親が家に帰ってこなくなったこと。自分を当たり前のように迎えてくれていた「おはよう」や「おかえり」を、二度と聞けなくなったこと。でもそこを考えたら自分が足を掬《すく》われる。そう思ったから、あえて意識をそこから逸らした。

「あんたは家族思いでいい子だけど、こっちにしてみりゃ困ったもんさ。どこまでも素直じゃないんだから」

「松婆……」

「おまけに大バカだ。その年になっても、肝心なことなんもわかっちゃいない」

松婆はそう言うと、じっと顔を見てきた。

「大賀、あんた私より自分が長生きすると思ってるだろ」

「え」

突然のことに喉が詰まる。

「いや、だって」

「ま、多分その通りだとは思うんだけどねぇ。そうじゃない可能性もあるじゃないか」

それはわかる。予期しない出来事は誰にでも起きる。

「あんたの人生もね、思ったほど長くないかもしれないよ?」

「縁起でもない……」

大賀は思わず呟いた。

「時間は年取るごとにどんどん早くなってくからねぇ。三十過ぎてからの加速はすごいよ。四十五十あっという間にくる。気がつきゃ加齢臭漂う立派な老人だ。そうなった時にね、後悔するんだよ。ああ、あれやっときゃよかった、これやっときゃよかったって」

「松婆もそうなのか?」

「そうだよ」

さらりと言われて、大賀は黙った。

「だからね、大事な人との時間は無駄にしちゃあダメだ」

松婆はしみじみと言った。

「そういう人に出会えることがどれだけ貴重なのか、そういう時の一分一秒がどんだけ大事か、あんたはまだわかってない。戻れなくなってから思うんだよ。あの時どうして傍にいなかったんだろ、なんでもっと素直にならなかったんだろうってさ」

自分の息子のことを言っているのだろう。自分よりも先に亡くなった息子のことを、松婆は「あの親不孝者め」と冗談めかして何度も言っていた。

「一時の感情で大事なものを手放したらダメだよ」

「けど」

「またその顔だ。あんたは耐える時、必ず怒った顔になるよねぇ」

笑われて、大賀はまたたいた。

「そうか？」

「そうだよ。痛いのをこらえるような顔だ。まぁ痛いんだろうけど」

松婆は困ったようにこっちを見た。

「なんで我慢しろとも言ってないのに、勝手に我慢するのかねぇ。もうマゾとしか思えないよ」

「……」

それは違うと思う。

「あんたはもっとワガママになっていいんだよ」

優しい口調だった。

「誰も止めてないんだよ？　なぁんでも好きにできる。我慢なんて、しろって言われてからすりゃあいい。なにかを考えるのだって、問題が起こってからでも充分間に合う。あんたはいつも考えすぎなんだよ。先回りして先手打って、自分で自分を追い詰めてる」

「でも店が」

「店がなんだってんだい。あんたには昴ちゃんがいるんだ。問題が起きたら二人で考えりゃいい。その方が、一人で背負うよりよっぽど思いやりのある行動だよ」

「それにね」と松婆はぎゅっと手を握ってきた。指先に痛いほど力が込められる。

「あんたがいい子だってことはみんなわかってる。そのあんたが選んだ道を、誰が罵《ののし》るさね。もしそんなこと言う大バカもんがいたら、私に教えな。蹴散《けち》らしてやるよ」

「松婆…」

大バカだ、と言った松婆の言葉が、今になって沁《し》みてくる。

本当に、バカだ。こんなにも信じ、応援してくれる人がいながら、なぜ自分は素直になろうとしなかったんだろう。欲しいものは、ほんの少し手を伸ばせばそこにあったのに。

——一知也。

会いたい。

会って、気持ちを伝えたい。もし手に取ることができるのなら、強く摑んで二度と離さない。

「松婆。今、一人で大丈夫か?」

行きたい気持ちが止められなくなってきて、聞いた。不思議そうな顔をした松婆が、しばらくしてニヤッと笑う。

「頑張りな。玉砕したら慰めてやるからさ」

任せろとばかりに言われて、大賀は口元を緩めた。

敵《かな》わないなと思う。両親亡き後、自分を支えてくれた強さ。それに背中を押されて出て行こうとして、ふと足を止めた。

「松婆。俺やっぱり死ぬのは松婆の後だと思う」

松婆がキョトンとする。

「俺が先に逝《い》ったら、松婆泣くだろう?」

「……そうだね」

「俺、松婆を泣かせる気はないから。見送ってやるよ、ちゃんと。最後は愉快な宴会にしてやる。松婆の人生はいいもんだったって、俺がみんなに伝えてやる。だから安心して長生きしろ」

松婆は嬉しいと困ったを混ぜたような顔をした。その日のことを想像したんだろうか。なにやられるかわかったもんじゃないと思ったのかもしれない。

でも沢山の人が集まる最期《さいご》を迎えられるのは、幸せな人生だと思う。松婆の人生も、きっとそうなる。

「早く行きな」

照れる松婆に笑顔を向けて、大賀は病室を出た。

◆◆◆

救急車に同乗したことで帰りは電車になり、慣れない道に戸惑ったが、営業時間内に店に戻ることができた。ホッとして中に入ると、「兄ちゃんっ」と、血相を変えた昂太が駆けつけてきた。

「遅いよ！　なにやってたんだよっ」

「悪い、けど電話で話した通り、松婆なら大丈夫なんだ。念のため今日は入院するが、病状は落ち着いて」

「一知也さん来たんだよ！」

「え」

一知也の名前にドキリとした。

「さっきお別れを言いに、最後だからって…！」

「最後…？」

「そうだよ！」と怒鳴られる。

嘘だ。まだあいつは会社にいるはずだ。だが、昂太は嘘をつかない。

「一知也さんのこと好きなくせになにやってんの！　なんでこんなことになってんだよっ」

「どういうことだ⁉」

ガッと肩を摑んでしまい「痛いっ」と言われた。

「日本を離れるから、その前に結婚のお祝い渡しておきたいって持ってきて…っ」

あれ、とカウンターを指差される。レジの横に、手のひらサイズのラッピングされた箱が置かれていた。

「でも、もう行っちゃったよ…っ」

昂太が泣きそうな顔になる。

「俺、引き留めてたのに。どうしてもっと早く帰ってきてくれなかったんだよ…！」

「さっきっていつだ！」

昂太がビクッとした。

「昂太！」

「じゅ、十分くらい前……」

「荷物持ってたか⁉　カートは⁉」

昂太は小刻みに首を横に振る。

だったら、まだ間に合うかもしれない。

大賀は店を出た。車に乗り込み、一知也の家へ向かう。車を走らせながら、携帯に電話をした。聞き慣れたアナウンスが流れて、「くそっ」と電話を切る。

繋がらない。もう日本を発《た》ったのか？　本当のことを何一つ言えていないのに。

——頼むからいてくれ…！

通い慣れた道が遠く感じて、気持ちが急《せ》く。祈りながらマンションに到着すると、大賀はエントランスを擦《す》り抜け、一知也の部屋の呼び鈴を押した。

「一知也、いないのか⁉」

何度ベルを押しても返答がない。

「一知也⁉」

ドンドンと扉を叩《たた》く。けれど中から応答はなかった。どれだけ呼んでも、物音一つしない。

拳が痛くなるほど叩いても、分厚い鋼鉄の扉は主《あるじ》を見せない。

——なぜ出てこないんだ。誰か、なにか知らないか？

辺りを見渡す。廊下を歩く買い物袋を下げた中年女性を見つけて、大賀は飛びついた。

「あのっ」

ぎゃあっと悲鳴を上げてずり下がられる。

「な、なんですかっ」

「怪しいものじゃありません。ここの人知りませんか？　知り合いなんですっ」

「知りませんっ、私なにも知りませんからっ」

自分の腕を擦り抜けて、女性は奥へと逃げていく。ポツリと取り残されて、大賀は閉ざされた部屋を顧みた。

「一知也……」

——もう会えないのか。

本当に？

片手で扉に触れる。こうしているとガチャリと玄関が開いて、今にも一知也が顔を見せそうなのに。大賀さん、と笑顔で自分を呼ぶ一知也の姿が蘇って、大賀は薄く口元を緩めた。

「一知也、聞こえてるんだろ？」

扉を叩く。軽く、優しく。

「ホントはいるんだろ…？」

明るく呼びかけた。けれど声が震えて、喉が詰まる。

「なぁ…出てこいよ」

まだ伝えてない。大事なことをなにも。

「出てきてくれよ…っ」

音が次第に速く、激しくなる。けれど、その音はどこまでも虚しく響くだけだ。

「一知也――」

扉に拳を当てたまま、大賀はズルズルと床に膝をついた。


どのぐらい時間が経ったのだろう。

――寒い。

時間の感覚はとうに消え、朦朧《もうろう》とした頭が、同じ言葉ばかり繰り返す。

――寒いな。

指先に感覚がない。真っ暗になった空をぼんやりと見ながら、大賀は扉に凭《もた》れかかっていた。

――痛い。

手足が寒さで固まる。でもおかげで、手のジンジンした痛みは消えた。叩きすぎて鈍くしか動かなくなった手で、そっと扉を撫でる。

まだここには一知也の温《ぬく》もりが残っている。手を離したくなかった。

こうして撫でていると、一知也の姿が蘇る。爽やかな匂いと、自分に向けられていた笑顔。サラサラと揺れる髪。

懐かしい匂いに浸っていると、ふいにガチャンと音がした。目を音の方へ向けると、少し開いていた隣の部屋の扉がサッと閉まった。

怖がられたんだろうか。警察を呼ばれるのかもしれない。無理もない。これを見たら、自分でも人を呼ぶ。

だが足は離れられなかった。動きたくない。ここは一知也の場所だ。

――これじゃ完全にストーカーだな。

自分に失笑して、目を閉じる。

夢の中でもいい。一知也に会いたかった。


エレベーターの駆動音でふっと大賀は意識を戻した。何度目かの足音が、エレベーターを降りたところで止まる。

同じ音はもう何度も聞いた。全部が嫌なものを見たように足を止め、時には迷惑そうな視線を投げつけて、見事に自分を避けて行った。だが今度の音は去っていかない。遠くで立ち止まったまま、こちらの様子を窺《うかが》っている。

「――賀さん…？」

ふいに、懐かしい声がした。

夢だろうか。一番欲しかった声が、朦朧とした頭に響く。戸惑いながら近づいてくる足音はすぐに速くなり、自分の元に駆けてきた。

「やっぱり！　どうしたんですか、こんなところで…！」

「一知也……？」

「そうです！」

顔を見たいのに、節々が痛んで、人形のようにしか動けない。どうにかして顔を上げて、自分を覗き込む顔を見た。飴細工《あめざいく》の髪、鞣《なめ》した革の色の瞳が心配そうに自分を見ている。

「一知也…」

うわごとのように繰り返しながら、寒さで固まった腕で抱き寄せた。

外気と同じ体温になった自分を、あたたかな腕が受け止める。一知也の吐く息が、白く目の前を曇らせた。

本物だ。この感触は夢じゃない。一知也はここにいる。

「よかった……」

「大賀さん、体…！」

冷気が伝わったのか、一知也が顔色を変える。

「と、とにかく中に入って下さい。立てますか？」

硬くなった体を抱え起こされる。傾《かし》ぐ体を抱き留められながら、大賀はふらつく足取りで部屋に向かった。

「もう少しですから。ほら、足動かして」

一知也にサポートされながら、大賀は固まった足でなんとか部屋に入った。ソファーに落とされても、体は冷えて強張ったままだ。一知也はコートと上着を脱ぐと、すぐに暖房をつけた。寝室から持ってきた毛布で、凍えた体を包まれる。足早にキッチンに行ったかと思ったら、目の前にコーヒーを出された。

「どうぞ。温まります」

「ああ……」

指が固まって上手く動かない。ぎこちない手で受け取ると、大賀はコーヒーに口をつけた。熱くて零しそうになりながら、上手く飲めずに何度か口をつける。

何口か喉に流し込むと、胃の一部がかっと熱くなった。体に体温が戻ってきた感じがして、ようやく部屋を見る余裕ができる。

室内はダンボールだらけだった。寒々しいほど殺風景だ。けれどソファーやテーブル、食器や日用品などはそのままだ。どうやら明日引越というわけではないらしい。

「今日、どこに行ってたんだ…？」

「色々です。手続きがあって」

「携帯、繋がらなかった……」

一知也が顔を上げた。

「電話くれたんですか？」

「店に来たって昴太から聞いたんだ。それで」

「ああ」と微笑まれる。

「行くんだな…」

「はい」

コーヒーを置くと、横からそっと手を重ねられた。

「手、まだ冷たいですね」

感覚のない手は、握られてもよくわからない。

「少しあたためましょうか」

そう言うと、一知也はかじかんだ掌を両手で包んで、息を吹きかけてきた。撫でては息をかけるのを繰り返される。

「ダメですよ、大賀さん。こんなに冷たくするなんて。大事な手なのに」

優しい声が手の甲に被さる。

「……そうだな」

情けない姿を見られるのは恥ずかしかったが、優しくされるのは嬉しかった。自分に向けられる声が、体温が嬉しい。今の状態を意識しているのは、紛れもなく自分の方なのだろう。掌に熱い息が触れるたび、じんわりとした熱が体に広がっていく。

「いつ、行くんだ?」

気になっていたことを口にする。一知也がピクリと反応した。一瞬瞳に浮かんだ戸惑いはすぐに消えて、視線が指に注がれる。

「四日後です」

「そうか」

動揺を隠しながら、言った。

本当に行くんだな、と実感する。自分がそう仕向けた。それが一番いいと思ったから。けれど……。

一知也はあたためた手をそっとほぐし、揉《も》み始める。肌を擦るように揉む優しい動きに、次第に嬉しいのか悲しいのかわからなくなってきた。指の股《また》を指先で撫でられて、ぴくっと指先が反応する。

「よかった。動きましたね」

ホッと息を漏らされて、胸が締めつけられた。

四日後には、もうこの顔は見られなくなる。

「もう少しですから」

かじかんでいた手が、一知也の体温に馴染んでいく。掌で包み込むようにして温めていた一知也は、赤く腫《は》れた部分に目を留めた。

「これ……」

扉を殴《なぐ》った痕《あと》を、不思議そうにそろりと指で辿る。しまった、と隠そうとすると、手を取られた。痛くしないように――かわいそうな子供を慰めるように、一知也は祈るような仕種で自分の唇にそれを触れさせる。ドキッとした自分の前で、夢見心地だった目がハッと我に返った。

「あ、違…っ」

無意識だったらしい。一知也は慌てて手を離す。

「違うんです、そういう意味じゃなくて。深い意味はないんです、ホントにっ。ただ僕は…っ」

その先を言おうとして、一知也が固まる。その後、説明にもならないことを早口で色々口走ったかと思ったら、今度は手を包んだまま黙り込んだ。

「すみません……」

場がしんとする。

「謝るな」

大賀は手を伸ばした。

「謝らないでくれ」

「大賀さん?」

指がヒヤリとしたらしく、頬に触れるとピクンと震えられる。

戸惑っているのを知りながら、指先で唇に触れた。口紅を塗るように指でなぞると、一知也の唇が薄く開く。その中に指を滑らせると、熱い息と柔らかい粘膜が、指を包み込んだ。

けれど指先が歯に触れると、ハッとしたように体を押し返される。

胸に触れた指先から戸惑いが伝わってきた。もしかして怯えさせているのだろうか。

大賀はなるべく怖がらせないように、首を伸ばした。唇で軽く頬に触れると、それ以上脅かすのは止める。

触れるだけの、子供のようなキス。唇に残ったのは、乾いた皮膚の感触だけ。なのに、一知也は目を見開いた。

「どう……したんですか」

動揺を隠すこともせず、理解できないとばかりにこっちを見てくる。

「らしくないです。こんな……」

『らしい』自分がどんなものかなんて知らない。大賀は一知也を引き寄せて腕の中に捕えた。自分は今一知也を逃がしたくないだけだ。それしか考えていない。

「なにしてるんですか、さっきから」

一知也が抵抗した。腕を摑み、弾みをつけて体を引き剝がされる。自分から離れようとする一知也を見逃せなかった。少しの距離も取られたくなくてさっきより強く掻き抱《いだ》くと、腕の中で抗われる。

「手を離して下さい」

嫌だ。離せない。

「冗談でも止めて下さい。相手の方が悲しみます」

やっと摑んだ温もりを手放せるわけがない。狭い場所で、互いの力が拮抗する。自力では抜け出せないと知ると、一知也はキッと顔を睨みつけてきた。

「そんなに僕に誤解させたいんですか⁉」

怒りにも似た強い口調に、思わず手が止まる。一知也は泣きそうな顔で、腕をひん剝《む》きにかかった。

「わかったらもう離れて…っ」

「誤解じゃない」

その一言で、一知也の動きが止まった。

「結婚は止めた」

「え…」

驚いて顔を上げる一知也を、大賀は宝物を扱うように優しく抱きしめ直す。この温もりを愛おしいと、素直に思った。こんなに心を揺るがす存在を、自分は他に知らない。

「最初は店のために結婚しようと思ったんだ。俺には店があって、お前は男だから嫁にもらうこともできなくて……付き合いたくても無理だと諦めてた。そんな時に俺が原因で出世を拒んでると聞いて、離れないとダメだと思ったんだ」

「それって…」

一知也が顔を上げたことで、距離が近づく。そろりと手を緩めても、一知也はもう逃げなかった。

「跡継ぎのことを考えて、見合いも受けた。けど、やっぱり俺はお前じゃないと嫌なんだ」

一知也と離れて、自分が本当は誰を好きなのかよくわかった。理性では動かせない気持ちがあることも。

「店に来てくれた時、見合いを断りに行ってたんだ。その分早く帰ってれば店でお前を捕まえられたのかと、後で時間のロスを悔やんだけどな。身辺をきちんとしてから、会いに来るつもりだった」

「大賀さん…」

「店については、正直今も悩んでる。将来、昂太にも迷惑をかけることになるのかもしれない。それでも俺は、お前と一緒にいたい」

言い切ってから、まっすぐな目を向けてくる一知也を見つめる。

「好きだよ」

その一言で、目が見開かれた。

「ずっと好きだった。幸せにするから、俺と一緒に生きてくれ」

まばたきを忘れたように見つめられる。

「大事にする。約束する」

どうしても一知也が欲しい。

この気持ちが自分の全てで、本心だ。

心は晒した。後はもう一知也に委ねるしかない。祈るような思いで返事を待っていると、こちらを見ていた一知也の顔が、ふわりと緩んだ。

「それじゃプロポーズですよ」

「同じことだろ?」

好きな相手に言いたい言葉は一つだ。添い遂げるなら一知也がいい。そう言うと、照れたように笑われた。

「夢見てるみたい……」

「俺といてくれるか」

返すと、これ以上ないくらい幸せそうに「はい」と口にする。そうして頭を下げてきた。

「僕の方こそ、よろしくお願いします」

顔を上げた一知也が、とろけてしまいそうな目で自分を見る。

嬉しいと、その目が言っている。見られているのが恥ずかしくなるくらい熱を帯びた眼差しに、自然と手が伸びた。それが頬に届く前に、顔に触れられる。体を引き寄せると、一知也が嬉しそうに目を細めた。

指先に当たる髪が少しばかりこそばゆい。乾いた唇の感触に、大賀もゆっくりと瞼を閉じた。


「ん…っ」

キスをした。

触れ合うようなキス。少し深いキス。お互いを確かめるように、角度を変えては一つずつ唇を重ねる。

薄目を開けると、とろんとした表情の一知也が見える。髪を撫でながら、大賀は薄く開いた唇の中で舌を触れ合わせた。

腕を摑む一知也の指が、ピクンと反応する。熟した果実を食べるようにしてお互いを味わい、大賀は服の上から一知也に触れた。

腰を抱いていた手が、無意識に中を探る。シャツをたくし上げる動きに気づいて、一知也が抵抗するように体をよじった。じかに体に触れると、戸惑ったように薄目を開ける。

「嫌か？」

「そんなわけないじゃないですか…」

恥じらいながら、笑顔を見せられる。

「嬉しくて、眩暈《めまい》しそうなのに」

泣きそうな姿が、寒さに震える雀《すずめ》のようだ。かわいらしくて、余計いとおしくなる。

平らな胸も愛らしい。大賀ははしばみ色をしているそれを撫でた。円を描くように、周りからゆっくり中心に向かっていく。

丹念に指を滑らせてようやく中心に到達する。くりっと爪で引っかけると、一知也がひくっとした。

「感じるのか？」

「…っ」

「いい色だな。淡くて」

「あまり見ないで下さい。恥ずかしい…」

「かわいいのに」

色づいた部分をちょんとつつく。軽く摘《つま》んで引っ張ると、半分ほど潰れて埋もれていたものが隆起した。

「もっと色づけたくなる…」

つぷっと起き上がったかわいらしいそれを口に含む。

「や…！」

吸い上げると、ためらいがちにもがかれる。逃げようとする体を追い詰めて、大賀はより深くそこを吸い上げた。舌を絡めて存分に濡らす。滑りのよくなったそれを愛撫《あいぶ》しながら軽く歯を立てると、一知也の指先がビクンと跳ねた。

切なげな息遣いに、ようやく唇を離す。

艶やかになったそれは隆起して、うっすらと色味を増していた。一知也の髪の色に近づいている。さっきの色も良かったが、こっちの方が好みだ。大賀は硬くなってきたそれを、そっと撫でた。

「この色もいいな。お前に似合ってる」

「大賀さん…」

困ったような声を出す一知也の胸の突起を、もっと色づかせようと更に指で捏《こ》ねる。

軽く指で弾くと、一知也がひくっと喉を鳴らした。感じたことがバレたことに照れたのか背けようとする顔を、自分の方へ引き寄せて口中を探る。

探り合う舌の動きで、一知也の体に火がついたのがわかった。深く誘わなくても、一知也の方からじわりと絡んでくる。

濡れる音に煽《あお》られながらも、大賀は綺麗に色づいた場所から、ゆっくりと指を滑らせた。胸から脇腹《わきばら》を通って肌を辿り、下腹部の膨らみの上で止める。

——もう反応している…。

愛おしい反応。言葉以上のもので好きだと伝えてくれるのが嬉しい。

首をもたげている男の象徴を布の上から掌で包んで、優しく撫でる。軽くつついて硬さを確かめてから、するりとズボンの中に手を滑り込ませた。茂みの先にある根元に触れると、一知也がひくっと喉を鳴らす。

「感度いいんだな」

その一言で、一知也が上半身まで色づいた。

「大賀さんだからですよ。じゃなきゃ、こんな風になったりしない…」

かわいらしい返答に苦笑しつつ、自分よりも細い先端を、爪で擦る。

「っ」

一知也のそれはとても素直だった。少し触っただけで、じわりと先を滲ませる。愛らしいそれをもっとかわいがりたくて、大賀は下着ごとズボンを剝ぎ取った。

ついでに自分の服も脱ぎ捨てると、一知也をソファーに押し倒し、胸に噛みつく。

「あっ」

弾力のある皮膚の感触。懐かしい匂いと共に、口の中に一知也の味が広がった。

これは本能なんだろうか。味を覚えると、体がたぎる。自分の中に湧き上がる凶暴さを抑えながら、大賀は脇下、鎖骨、首へと唇を滑らせた。自分と同じ男の体を、これほど愛らしく思ったことはない。体を味わいながら、どこに感じているのか、掌に収めた欲望で一知也の反応を確かめる。

牡丹《ぼたん》の花びらを体に散らしながら、震える欲望の根元をきつく握ると、負けじと一知也がこっちのものを握り返してくる。その手を摑んで退かせると、泣きそうな顔をされた。

「ずるい、僕だけこんな…っ」

「じゃあ一緒にするか？」

そう声をかけて、大賀は一知也の先端に自分のものをキスさせるように触れ合わせた。真っ赤になる一知也の付け根に自分の先端をぐいぐい当てて、互いのものを擦りつける。

「んん…っ」

最初は軽く擦り合わせるだけのつもりだったのに、気づけば夢中になって腰を動かしていた。一知也の手に、透明な滴《しずく》で濡れ始めたものをまとめて握らせる。その上から自分の掌を重ねて擦ると、硬いものが一つになった。ぐじゅぐじゅと音を立てて昂《たかぶ》りが乱れて、収まりがつかなくなる。

互いの指が絡んで、どちらがどちらを触っているのかもわからない。予想外の角度から先端を擦ったらしく、一知也が喉を鳴らした。

気持ちよさそうに呻《うめ》いて、肩に頭を擦《こす》りつけてくる。嫌々をするように体全体を揺らす姿に、なにが起きているのかわかった。

「イキそうか…？」

小刻みに頷かれる。

「待て。もう少しだから…」

待てないらしい。一知也は腰の辺りを落ち着かなさげにモゾモゾさせている。

「早く…っ」

先走りを零しながら耐えている一知也の根元を、大賀は指で止めた。「ひっ」と声を漏らした一知也のものを指で締めながら固定させると、一知也の先端に自分の一番感じるところをグリグリと擦り合わせる。

「も、ダメ…っ」

涙目で悶《もだ》える一知也に、大賀は急いで自分を追いつかせた。一知也の先走りをもらい敏感になった先端が、足先まで痺《しび》れを走らせる。ぞくぞくとする体が、痴態に煽られ跳ねた瞬間、大賀は手を離した。

自分がイったのと同時に一知也もビクビクッと震えて、自分のものよりも多い白濁を吐き出す。それでも収まりがつかなかったらしい。先端はまたひくっと動いて、とろりと粘ついたものを出し、こちらの下生えを濡らした。

「すご…」

うっとりした甘い息が、自分の肩に触れる。

とろんとした焦点の合わない目でこちらを見ると、一知也は上半身を起こして、下腹部に手を伸ばしてきた。

自分が濡らした場所。深みを増した色に触れて笑みを零すと、今度は自分を濡らした白濁を見つめた。

「大賀さんの、あったかい…」

嬉しそうにそれを拭い、濡れた指を眺める。しばらくしてから、一知也はそうっとそれを口元に近づけた。ピンク色の舌がそれに触れる前に、大賀は指を止める。

「大賀さん…？」

こちらに視線を向ける一知也の手を取って、大賀はその指を一知也の唇に触れさせた。紅を差すように、指でゆっくりと唇を辿る。下唇から上唇へ。そうして艶やかに唇を濡らしてから、キスをした。

「ん…っ」

一知也の顔がとろける。深く口づけをしながらさっき唇を濡らした手を取り、大賀はそれを自分の下肢に近づけた。

白濁をたっぷり拭い取らせてから一知也を押し倒し、彼自身の奥へといざなう。指先に触れた感触に怯《ひる》む彼の手を上から握ると、腰を摑み、誰も触れたことがないだろう入口に塗りつけた。

「あっ」

そのまま入れようとしたが、一知也の指が中に入るのを拒み続ける。

「そこは嫌です、自分では…」

自慰しているのと変わらない姿を見せるのが恥ずかしいのか、自分の中を触りたくないのか、懸命に首を横に振られる。本当はここも二人でしたかったが、仕方ない。大賀は一知也の手を自分の手の甲に触らせた。

「手、離さないでくれ」

そう頼んだが、重なる手の力は弱い。今にも離れてしまいそうだ。

「一知也」

耳元で囁くと、一知也がビクンと震えた。髪が乱れて、上の方がピンク色に染まった耳が目に入る。

淡いグラデーションになっている部分に顔を近づけて、大賀は唇が当たるほど近くで再度名前を呼んだ。さっきよりも色を濃くした耳輪を、優しく食《は》む。

「ちゃんと触れて」

感じたんだろうか。小刻みに頷かれる。手に力を込められたのを確認して、大賀は指を動かした。

触れさせたのは痛かったり苦しかったりしたらすぐ止められるように、だったのだが、こうしていると、指のわずかな動きも伝わるらしい。何をしようとしているのかもわかるのか、秘部に触れようとしただけでひくっと喉を鳴らされた。

慎重に円を描きながら秘部の周りを濡らし、ほぐしていく。その動きに反応して、手の甲から手首へと滑るように、一知也の指が落ち着かなげにもがいた。それでも指を止めなかったせいで、大事にしているのにいたぶっているような状況になる。

ここまで入口を柔らかくしたら大丈夫だろうか。

初めて触れる場所にごくりと喉が鳴る。大賀は充分に濡らした指に、力を込めた。

「んっ」

一瞬四肢が緊張して、つぷっと指が呑み込まれる。

爪が滑り込んだ場所は、とても小さく、あたたかかった。指先が溶けそうなほど熱くて、その感触の心地よさにずくんと自身が大きさを増す。ゆっくりと指を進めると、食いちぎりそうなほど締めつけてきて、そのかわいらしい反応に自身が強く脈打った。

こんな繊細なところに触れることを、自分に許してくれたのが嬉しい。

怖がらせないように、ほんの少しの痛みも与えないように——自分を制御しながら、中に白濁を流し入れた。溢れるほど入れて、焦《じ》れるくらい丹念にほぐす。指を動かすと、いやらしい音を立てて白濁を呑み込む。今すぐにでも挿《い》れたい気持ちをこらえて、指を増やしながら中を広げていると、身悶えられた。

「やっ」

イカせたせいで、全身が過敏になっているのだろう。声が上擦っている。

「嫌か？」

聞くと、一知也が恥ずかしそうにこっちを見た。

「いい…っ」

しばしの間を空けて、赤く色づいた顔でそう漏らされる。

先端から溢れる先走りをごまかしつつ抜き差しを続けていると、内壁がきゅうきゅう指を締めつけるようになってきた。よく締まるところを内側からタップすると、気持ちよさそうに腰が揺れる。

「指だけ…っ？」

じわりと熱っぽい目元を滲ませて、一知也が顔を見つめてきた。

「くれないの？　大賀さ…っ」

別のものを欲しがって腰がこらえきれずに動く。その姿に自身がずくっとなった。

全く、こっちがどれだけ荒ぶる気持ちをこらえていると思っているんだろう。収まりのつかない欲望は、今か今かと体が熟すのを待ちかねているというのに。

絶対に傷つけたくないから、必死に暴れる自分を抑えているのだ。そんなに煽ってくれるなと思いながら、大賀は指を食らわせたまま脚を摑み、内腿にキスをした。色づくまで吸われて、一知也が泣きそうになる。

「挿れるぞ」

その言葉に、きゅうっと奥が締まった。

不安と喜びが混じり合った顔で頷かれる。大賀は微笑むと指を引き抜き、自身を押し当てた。

「あっ!」

太さを増した硬い楔《くさび》が、とろけた部分を押し開く。中にあったものが、とろりと流れ出たのは一瞬。すぐに自分のものでギチギチに塞がれる。

――狭…っ。

先端を擦られてイキそうになるのを気合いでこらえた。食いちぎられるようなきつさに耐えて進めると、必死に受け入れる一知也の姿が見える。

半分ほど呑み込まれて、あまりの気持ちよさにくらりとくる。一部分でも一知也の中に入れたのだと思うと、それだけで胸が高鳴った。

できれば一気に進みたいが、このままだと一知也に負担がかかるかもしれない。いったん体を引こうとすると、手を摑み、逆に引き寄せられた。縋るような顔が見えて、それはすぐに一知也からのキスで隠される。

「…っ」

荒い息遣いで、舌を搦《から》め捕られる。

湿り気のあるキスが、下肢と同じくらい一知也と自分を繋げた。一知也に吸われて、中へと引き入れられる。

それに導かれるように、太い楔がずぶずぶと体の奥へ入っていった。自分を中にいざなうように、一知也は大きく口を開ける。口元から溢れたもので、互いの口の周りが濡れる。気づけば、上と下。二つとも呑み込まれて、体が完全に一知也と繋がっていた。

奥まで楔を埋めてから、ひくついている一知也の唇を優しく食むと、浅く繰り返されていた呼吸が自分の動きに合わせて落ち着いていく。それと同時に、体の奥で自分を締めつけていた内壁もわずかに緩んだ。

「やっと、くれた…っ」

荒い呼吸の合間に、一知也がうっとりと声を漏らした。

喋ると、連動するように一知也の中も動く。それを自分よりもリアルに感じたのか、一知也はびくっとして黙った。

感じすぎたらしい。苦しくないかと聞くと、頷きで返される。体が馴染むのを待って、大賀はゆっくり動き始めた。

「んっ」

その動きに合わせて、貪欲な体がきゅっと締まる。

熱のこもったそこは、腰を引くと逃さないとばかりに縋り、奥を突くと、嬉しそうに音を立てて吸いついてくる。その気持ちよさに、緩やかにしていたはずの動きは、意図せず強く、速くなった。

それにつられるように、一知也の体も艶を増していく。それがぐずぐずに溶けるまでに、それほど長い時間はかからなかった。

「あ、あっ」

打ちつける熱い塊に、一知也が恍惚とする。人の嗜虐性すら引き出してしまいそうな、甘くとろけた顔。残酷なほど無防備な姿に、思わず苦笑する。

今自分がどんな顔をしているのか、一知也は気づいていないんだろう。それがどんなに自分を煽っているのかも、わかってない。

体とは裏腹の無垢《むく》さ。そこが淫らでかわいくて、少し怖い。

「大賀さん、大賀さ…っ」

両腕でしがみつかれて、一知也と自分の匂い、二つの雄の匂いが混ざり合う。それは軽く酔わせる芳香と合わさって、自分の肌にも移った。

「好き…っ」

一知也が焦点の合わない目で自分を呼ぶ。

——ああ、この顔だ。

心を彼岸に連れて行かれたような顔。自分だけを映しながらも遠い目をする一知也を、口づけで引き戻す。

「んんっ」

口から漏れた甘い声に、ぶわっと言いようのない感覚が膨れ上がった。それが足先まで一気に走ったところで、一知也が先に弾ける。

大賀はしっとりとした体を抱きしめて、愛しい男の中に精を放った。

◆◆◆

一時間ほど後、一知也の規則的な寝息を聞きながら、大賀は体を起こした。ソファーから離れると、乱れた毛布をかけ直して身支度《みじたく》を整える。

これから出れば、仕込みの時間には間に合う。

離れたことで肌寒くなったんだろうか。一知也がうっすらと目を開けた。美形なのに、眠たくて変な顔になっている。

——やっぱりいい匂いがする。

情事の余韻も体に残しているのに、それでも一知也からは爽やかな匂いがしていた。その香りと自分の匂いがうっすらと混ざっているのが、愛おしくて、嬉しい。

「大賀さん…？」

半開きの目で自分を探されて、大賀は手を差し出した。毛布から出た指先を摘むと、一知也がホッと息をつく。

かわいい生き物だと思う。同じ男で、身長もそれなりにあって、触れるのをためらってしまうくらいハンサムなのに、大賀が思う印象は「かわいい」だった。

「体、辛くないか？」

まだ少し眠りを引きずっているのか、一知也はゆっくりとしたまばたきで『大丈夫』と伝えてくる。

「でもビックリしました。好きな人に抱かれるとこんな風になるんですね。気持ちよくて、まだちょっと体がふわふわしてます」

浮いてるみたい、とうっとりと漏らして、一知也はこちらを見た。

「嬉しかった。中に……してくれて」

夢見心地のような目で見つめてくる。

「ずっと、大賀さんをじかに感じたかったから」

言いながら、指先をきゅっと握られた。

無性に抱きしめたくなって、大賀は自分を気合いで抑えた。触ったら止まらなくなりそうな自分を落ち着かせつつも、いとしさに負けて近づき、口づけをする。

「ん」

一知也が幸せそうにキスを受け取る。そのかわいさに、結局我慢できずに抱きしめて、重ねてキスをした。

「ん…っ」

深いキスは、愛情の——そして、心を預けるという約束の印だ。

この先離れるのは辛い。だが、今は互いの温もりを知っている恋人同士。もう自分は何年でも一知也を待てる。

軽く唇を啄《ついば》んで離すと、大賀は顔を見た。ほんのりと色づいた頬。一知也の睫毛《まつげ》がかすかに震えて、瞼がゆっくりと開く。その目がまっすぐに自分の方へと向いて、目が合うと嬉しそうに細められた。

「一知也…」

自分に見せる表情一つ、感情も、今は彼のなにもかもが愛おしい。

好きな相手が好きだと言ってくれて、身体も許してくれた。好きでいてくれたからこそ手に入れられた全てが、たまらなく嬉しい。

「ありがとう」

なにをどこから伝えればいいのかわからず、初めて夜を過ごした恋人へ贈る言葉は、思いのほか簡素になった。

「大賀さん…」

言いたいことがありすぎて、これだとなんか足りない気がする。上手く言い表せずに困っていると、一知也が笑顔で髪に触れてきた。慈しむ指に誘われるまま、互いの頬を擦りよせるようにして抱きしめ合う。

さっきとは違う、優しくて軽い、それでいて、とろけるような抱擁。一知也の額に落ちる髪。うなじから肩甲骨《けんこうこつ》にかけての涼しげなライン。腰のしなやかな曲線。うっすらとついた筋肉の感触まで、どれだけ離れてもすぐに思い出せるように、今のうちに胸に刻み込む。

このままずっとこうしていたいが、そろそろ行かないといけない。未練をこらえつつ、大賀はこめかみにキスをして、離れた。

「俺は店に行く。そっちは今日休めるのか?」

「会社に行きます」

「そうか。なら少し寝てろ」

「はい…」

頭を撫でてやると、離れるのが寂しいのか、少し残念そうな顔になる。大賀はわざと明るく声をかけた。

「ところで海外ってどこに行くんだ？」

「オーストラリアです」

「なんだ、だったらすぐに行けるな」

ホッとした。

「コアラとカンガルーのところだよな？　行ったことないが、いい国なんだろ？　旅行でもよく名前聞くし。金貯めて会いに行くよ。それで年に数回とか定期的に会うようにすれば」

「あのっ」と一知也が声を出した。

まさか行ったきりなんじゃ……。ドキッとする自分を、一知也は申し訳なさそうに見た。

「気持ちは嬉しいんですが、僕、半年後には戻ってくるので…」

「え⁉」

思わず声が出た。

「赴任って五年十年行くんじゃないのか⁉」

「研修の一環なので。でも期間なんてマチマチですよ。むしろ、大賀さんのその発想はどこから」

「だって行くの悩んでるって聞けばそりゃ……ええ？」

一知也と目が合って、愕然とした。

「早く言えよ、そういうことはっ。っていうか、だったら行くこと渋らなくても」

脱力していると「長いじゃないですかっ」と言い返された。

「客の一人でしかないのに半年も離れたら、大賀さん忘れるでしょう⁉　恋人だってできますよ！　今まで独り身だった方が不思議なんですからっ」

勢いにちょっとビックリする。どう考えても、余裕で恋人なし期間を延長するだけだと思うが。一体、一知也の中で、自分はどれだけモテモテ設定になっているんだろう。

「仕事はまた頑張ればいいけど、こっちは今離れたら終わってしまう。だから、どうしても……」

声のトーンが落ちていく。恥ずかしそうに俯く一知也を見て、かわいいと思った。

自分の知らないところで、色々考えていたのだ。こんなにも真剣に。

それが嬉しくて、くすぐったい。

「じゃあ、もう大丈夫だな」

声をかけると、一知也が顔を上げた。

「遠距離なんてスパイスみたいなもんだ。半年ぐらい、この先を思えばどうってことない。どうせなら、俺の傍に戻ってこい。少しでも長く会いたいからな」

その言葉に顔が綻ぶ。

「帰ってきたら、一緒に家見に行こう」

「はい」

一知也は笑顔で頷いた。

◆◆◆

二日後の夕方、一知也は店にやってきた。

「もう準備はできたのか？」

「はい、おかげさまで」

「そうか。よかった。見送り、やっぱり行くよ」

「いいですよ、お店もあるし」

「俺が行きたいんだ。幸い松婆も店を見ててくれるって言うしな」

「ああ、任せときな」

あっという間に退院してきた松婆が、ドンと胸を叩く。

「おばあちゃん。元気になってよかった。でもあまり無理しないで下さいね」

「そうだ。無理は禁物だぞ」

「大丈夫だよ、二人とも。商店街のみんなと連係してるし、俺も学校終わったらすぐ来るから」

松婆の横にいた昂太が、任せてとばかりに言う。

「ついでに兄ちゃんのこともしっかり見張っとくんで、一知也さん、安心して行ってきてね」

「もっとも、浮気の心配はこれっぽっちもしなくていいと思うけど」と付け足して、昂太は笑った。

「それにしてもよかった。まとまってくれて。もうホント兄ちゃんの鈍さにはどうしようかと思った」

一知也の前で大袈裟《おおげさ》に胸を撫で下ろされる。ちょっと心外だった。

「俺、そんなに鈍いか？」

「鈍いよ。あからさまな一知也さんのアピールにも気づかないし、気にしてるくせに、頑固なままでに手は出さないし」

「アピール？」

「ほら、これだ。普通、一目見たらわかると思うよ。一知也さんが兄ちゃんのこと好きなんだってことは。俺でさえ、噂の時点でそうなんだろうなって思ったし。ってか、顔に書いてあったじゃん」

「顔？」

一知也の顔を見る。目が合って、照れたように笑われた。

「ね？　その鈍感さでぜーんぶスルーしたんだよ。もうね、見てて焦れ焦れしたよ。兄ちゃんだって、ホントは最初からその気だったくせに」

「そうだったかな…」

「そうだよ。兄ちゃん大事な物はこっそりしまって誰にも触らせないタイプだもん。好きでもなきゃ、ただの客のこと俺にまで隠そうとするわけがない」

「！」

「さらに言わせてもらえば、兄ちゃんのスゴイとこって、周りに内緒で付き合うって考えが一切浮かばないとこだよね。なんかグジグジ悩んでたんだって？　黙ってりゃばれないのに」

「！」

言われてみればその通り。ショックで愕然としていると、昂太が白い目になった。

「ま、わかるけどね。兄ちゃんにはできそうにない芸当だから。にしても、電話は出てよね。俺あの時、どんだけ気を揉んだと思ってんの？」

「……すまん」

それについては素直に謝る。

携帯を車に置いていたせいで、昂太からの連絡に全く気づかなかったのだ。鬼のように伝言と着信が入っていて、携帯を見てギョッとした。

「まぁまぁ。しょうがないよ、遅い春だからねぇ」

「そうだね。ずーっと寒い冬だったからね」

「お前ら……」

「じゃあ、お邪魔虫は退散しよっか」

昴太が明るく言う。

「一知也ちゃんを残してくの、やなんだけどねぇ」

どういう意味だ。

渋る松婆の背を「まぁまぁ」と昴太が押す。そうして「ごゆっくりー」と二人仲良く店を出て行った。

「悪いな、あいつらうるさくて」

「いえ」

笑っていた一知也が、ふいにカウンターの隅に置かれていた手袋に目を留めた。ダークブラウンの革手袋。一知也からの贈り物だ。

「それ、使ってくれてるんですね」

「ああ。やわらかくて気持ちいい」

ありがとう、と言うと、一知也が笑顔になった。その顔がとても、かわいいと思う。

一知也と結ばれた後、町内会長からは、自分を通さず、見合い相手に直接断りを入れた件でこってりと絞られた。それでも、好きな人がいたなら最初から言いな、と最後には許してくれた。今頃は、彼女の次の見合い相手探しに奔走しているはずだ。優しい人だったから、きっといい出会いに恵まれるだろう。

一晩中起きて待っていた昂太にも、一知也と付き合うことを話した。よかったね、と笑顔で言われた。店の将来についてはこれから兄弟で考えていくこともあるだろうが、なんとかなる気がしている。

「で、これだ。完成品」

長椅子に座らせて、一知也の前にコンテスト用の作品を出す。

「かわいい」

盆の上には、縁側で月見をしているうさぎと猫がちんまり座っている。夕暮れのような縁側の傍にはススキ。尾花――ススキの質感を出すのには苦労した。一知也は近くでまじまじと見て、「これ、全部食べられるんですよね」と子供みたいな感想を言った。

「作品の名前、もう決まってるんですか？」

「いや」

そういえば考えてなかった。

「『一知也』じゃダメかな」

「さすがにダメでしょう、それは……」

一知也のことを考えながら作ったから名前は適切なのに、珍しく真顔で引かれる。

「じゃあ『うさぎと猫の月見』で」

「ストレートですね」

見たまんまのタイトルに苦笑される。でも好きです、と楽しげに作品を眺める一知也の肩を、大賀は軽く叩いた。

「ほら、食べるぞ」

「でもおばあちゃん達が」

「いいんだよ。これはお前のために作ったんだから」

その一言に、一知也が幸せそうな顔をする。大賀は丁寧に菓子を取り分けた。

「一知也」

「はい」

「早く戻ってこいよ。じゃないと菓子持って会いに行きそうだ」

一知也が微笑む。

「電話しますね」

「ああ」

「体に気をつけて。風邪引いたらダメですよ」

「お前もな」

「僕のこと忘れないで」

「それは大丈夫だ。毎日考えるからな」

返すと、一知也は笑った。

「僕も…」

目が合って、惹かれるように顔を近づける。唇が触れる前で、一知也が急に止まった。

「どうした?」

「大賀さん、あれ……」

指差されて戸の方を見ると、ちゃっかりと磨りガラスに二人分の影が重なっていた。張りついてこちらを凝視《ぎょうし》している姿に噴きかける。

「あいつら…っ」

わかりやすすぎだ。

「声かけますか?」

「いいさ。見せつけてやれ」

顔を近づけて、こっそりと囁いた。視線が合わさって、一知也の目が嬉しそうに綻ぶ。自分の作る菓子より甘い男に、大賀はそっと唇を重ねた。

強く勇ましく、見るからに『男』という感じで逞しいのに、ちょっとつつきたくなる雰囲気の攻。どことなくピュアで昔気質。硬質だけど、かわいく見えてしまう攻。大賀のイメージはこれです。

おばあちゃんにはやられっぱなし。弟にもやられっぱなし。勝てる人いますか？　ぐらいの弱さですが、遠慮しなくていい相手にはめっぽう強い……という初期設定のはずだったのに、毛虫と一緒に挟んで捨てられてしまいそうなキャラに。なぜ？　と書きながら驚いたのですが、格段に弱くなったのは恋愛に入ってからでした。恋愛下手ゆえの弱体化。ただ最初に悩む分、吹っ切ると強いみたい。あと多分この人、かなりの長男体質です。

一知也は美形一家の裕福育ち。姉が二人いて、下の姉と好みが合うため、特に仲良しです。おばあちゃん達はいい人だけど、実際付き合うと賑やかすぎてちょっとめんどくさい、かつ憎めない感じを目指しました。皆さん言葉はやや乱暴ですが、ちゃんと愛があります。

商店街の皆様は、最初二人の関係にぎゃあっとなるでしょうが、頭が固い人もいれば今時の人もいるのでどうにかなるでしょう。最近のご年配はスマホ使いこなすほどハイカラですよ、と大賀に教えてあげたいです。

この話、相手が昂太だったら告白も「うん、わかったー。じゃ明日から恋人ね！」と一行で終わったと思います。二人には遠回りお疲れさまでした、と言いたいです。この先は遠慮なく幸せになって下さい。

店の未来については、数年後に大賀目当てでファンをこじらせた弟子志願者が来る予定です。仮にそこで上手くいかなくても、あの二人ならきっと大丈夫。何回か来るチャンスのどれかは、自力で摑めると思います。

今回の話は自分がなにを書いても地味になるため、ならばいっそ下町風味で！　と思ったからなのですが、思いのほか庶民さ加減満載になりました。やっぱり地味です。今はオシャレで現代的な和菓子屋もあるのにね。でも気に入っています。

挿絵の花小蒔朔衣様。素敵な絵をありがとうございました。かっこいい上にかわいくしていただけて、二人は幸せ者です。

本を出してもらえて、とても嬉しいです。力を貸して下さった方々、大変お世話になりました。これから頑張って下さる方々、ありがとうございます。

本を手に取ってくれたあなたには一番の感謝を。こうして読んでもらえることがなにより嬉しいです。楽しんでもらえることを願って。

✦初出　恋は和菓子のように…………書き下ろし

小宮山ゆき先生、花小蒔朔衣先生へのお便り、本作品に関するご意見、ご感想などは
〒151-0051 東京都渋谷区千駄ヶ谷 4-9-7
幻冬舎コミックス　ルチル文庫「恋は和菓子のように」係まで。

幻冬舎ルチル文庫
恋は和菓子のように

2016年10月20日　第1刷発行

✦著者　小宮山ゆき　こみやま ゆき
✦発行人　石原正康
✦発行元　株式会社 幻冬舎コミックス
〒151-0051 東京都渋谷区千駄ヶ谷 4-9-7
電話 03(5411)6431［編集］
✦発売元　株式会社 幻冬舎
〒151-0051 東京都渋谷区千駄ヶ谷 4-9-7
電話 03(5411)6222［営業］
振替 00120-8-767643
✦印刷・製本所　中央精版印刷株式会社
✦検印廃止

ISBN978-4-344-83836-9　C0193　Printed in Japan